第一話　IN

プロローグ

十九世紀の英国某所。
本に囲まれた書斎で、男がペンを走らせている。

十二月の寒い夜。
窓の外では冬の嵐《あらし》が吹きすさび、古い窓ガラスがガタガタと音を立てていた。
奇妙なことが起こるのは、決まってこんな晩である。
そう。
こうしてペンを走らせる私の背後でも――

そこで、男がペンを止めた。
窓の外で、風が断末魔のような叫びをあげている。
すき間風が手元のロウソクの炎を揺らし、あたりに陰影を投げかける。

ボオンと。

廊下のほうで、柱時計が重々しく鳴った。

冬の夜。

顔をあげた男は、ペンの代わりにウイスキーグラスを持つと、席を立って部屋を出ていった。

ふたたび、柱時計が鳴る。

全部で、十二回。

だが、男は戻らない。

しばらくして、今度は、柱時計が一回鳴った。

それでも、男は戻らない。

やがて、ロウソクが燃え尽き、部屋は闇《やみ》に包まれた。

1

花咲ける五月。

イギリス西南部にある全寮制パブリックスクール、セント・ラファエロでも、広大な敷《しき》地内《ちない》のあちこちで色とりどりの花が咲き乱れていた。

薔薇《ばら》。

すずらん。

アネモネ。

チューリップ。

そんな中、全部で五つある寮《ハウス》のうち、最西端に位置するヴィクトリア寮では、監督生の一人であるユウリ・フォーダムが、本館最上階にあるシモン・ド・ベルジュの部屋のドアをノックしようとしていた。

煙《けぶ》るような漆黒の瞳《ひとみ》。

黒絹のようなつややかな髪。

東洋風な顔立ちをしているという以外、取り立てて目立つ容姿ではなかったが、華奢《きゃしゃ》な首筋などから匂《にお》い立《た》つような清潔感が、彼を透明感のある、どこか浮き世離れした存在にしたてあげている。

それに対し、訪問先の部屋の主であるシモンは、その華やかで完璧《かんぺき》な容姿もさることながら、頭脳明晰《めいせき》で運動神経もよく、さらにずば抜けた統率力をもって、現在、この寮の寮長を務める、いわば学院のスーパースター的な存在である。

そんな対極にあるような二人だが、どういうわけか、大の親友同士なのだ。

とはいえ、今期、シモンは、下級第四学年《ロウアーシックスフォーム》からは三人しか選ばれない代表の一人に選ばれているため、その生活は多忙を極める。だから、監督生の特権として与えられている豪奢《ごうしゃ》で広い部屋にも、日中にいることはめったにない。

今も、ユウリはさして期待していなかったのだが、予想に反し、シモンは部屋にいた。中からの応《いら》えを受けてドアを開けると、ちょうどテーブルの上から荷物を取ろうとしていたシモンと目が合う。

白く輝く淡い金の髪。

南の海のように澄んだ水色の瞳。

ギリシャ神話の神々も色褪《いろあ》せるほどの美貌《びぼう》と均整のとれた肉体を持つシモンは、ちょっとした仕草一つでも優美で洗練されている。

とっさに見惚《みと》れてしまったユウリに、シモンが言う。

「やあ、ユウリ」

「シモン。——もしかして、出かけるところだった？」

「そうだね。これから、執行部で臨時の会議をやるそうだから」

それでも、シモンは、事としだいによっては、会議よりユウリのほうを優先しそうな声音で訊《き》いた。

「それで、君の用件はなんだい？」

「あ、たいしたことではないんだけど、もし、時間があるようなら、一緒に図書館に行ってくれないかと思ったんだ。レポートの切り口で迷っていて」

「へえ。……それは、残念だな」

言葉だけでなく、本気でこのまま会議をすっぽかそうかと考えているような素振りを見せたため、ユウリは慌てて言った。

「でも、大丈夫。自分でなんとかするから。——どうしても迷うようなら、ウラジーミルに相談するし」

同じ監督生の中でも、勉強ができる「上級監督生」であるイワン・ウラジーミルは、シモンほどではないにしても、それなりに博識で読書家だ。

シモンが言った。

「たしかに、ウラジーミルなら頼りになるけど、少し遅くなってもよければ、午後のお茶のあとで一緒に探さないかい。それまでには確実に終わるから」

きっと、終わらなければ、終わらせる気でいるのだろう。

「いいけど、無理しないで」

「大丈夫」

シモンが時計を見ながら、続ける。

「ひとまず、三時に寮の食堂でどうかな？」

「わかった。――その前に図書館で、少し目星をつけておくよ」

「それなら、僕も、早く終わったら図書館に寄ってみることにする」

そこで二人は、それぞれの目的地に向かった。

2

（さて、どうするかな……）

宣言どおり、図書館へとやってきたユウリは、書架の間を抜けながら考える。

「シェークスピア劇に見るルネッサンスの諸相」というタイトルのレポートに対し、ユウリは、シモンに言ったように、どんな切り口で書いていいかがまったくわからない。

歴史の授業のわりに、英文学の要素が強い。

こうなると、先にシェークスピアについて調べ、そこに歴史的ななにかをプラスするしかないだろう。

「……えっと、シェークスピア、シェークスピア」

呟《つぶや》きながら、ユウリは、書架に並ぶ立派な装丁の本の背表紙を指で辿《たど》る。

それにしても、英国人はシェークスピアが好きである。ラテン語の引用と同じくらい、シェークスピアからの引用はなされているのではないか。

その点、日本では、あまり古典からの引用というのはない。あっても、漢詩や漢文からの引用だったりする。

ユウリにしても、春先に呟くとしたら、「春はあけぼの」ではなく、きっと「春眠暁を覚えず」だ。

この差は、いったいなんなのか。

（ああ、でも）

ユウリは、思いつく。

（同じ古典でも、歌舞伎《かぶき》や能からの引用は、あんがい多いのかもしれない）

そんなとりとめのないことを考えながら歩いていたユウリは、現代風な装丁がされたものの中に、一冊だけ、やけに古びた装丁の本があるのを見て、足を止めた。

（……なんだろう？）

しかも、図書館の本であるのに、分類番号が付されていない。

つまり、未処理の本が紛れ込んだのだろう。

この学校の創立者であるレント伯爵の書庫がベースとなっている図書館には、この手の本がまだけっこう残されている。

興味を惹《ひ》かれて取り出すと、それはなめらかな革の装丁がされた本で、タイトルはたった一語で、『ＩＮ』とあった。

なんとも、風変わりな本だ。

表紙のタイトルを指でなぞったユウリが本を開こうとすると、どこからともなく小さな蜘蛛《くも》が現れ、ユウリを驚かせる。

「わっ、びっくり」

ひとしきり驚いたユウリは、「君、どこから来たわけ？」と、本にのった蜘蛛に話しかけながら窓まで歩いていって、そこから外に払い落としてやる。

風に乗り、ツーッと糸を引いて見えなくなった蜘蛛を見送ると、ユウリは窓を閉じずに戻っていく。

薫風が、湿気《しけ》た図書館に花の香りを運び込む。

元の場所まで戻ってきたユウリは、先ほど本を抜き取ったあとの細いすき間に、人影がちらついているのに気がついた。もちろん、反対側にも本が並んでいるため、誰かがこのタイミングで本を抜き取ったのだろう。

(すごい、偶然……)

思ったユウリは、吸い寄せられるようにすき間をジッと見つめた。そのほの暗い空間は、まるで異次元への入り口のように、ユウリの意識を奪い取る。

奥へ。

奥へと――。

それからというもの、ユウリが本棚から本を取るたび、同じように向こう側でも誰かが本を取るようになった。

次も。

また次も。

こうなると、偶然ではなく悪戯《いたずら》をされている可能性が高い。

（もしかして、ルパートとかテイラーあたりが、からかっている？）

ふだんから比較的悪戯をする仲間の顔を思い浮かべたユウリは、軽い気持ちで、ひょいと反対側の通路を覗《のぞ》いてみた。

だが、驚いたことに、そこに人の姿はない。

たしかに誰かがいたはずなのに、友人の姿どころか、誰の姿も見当たらなかった。

（そんな、バカな――）

呆然《ぼうぜん》としたユウリは、念のため、振り返って背後も見てみる。

だが、やはり誰もいない。

白々とした蛍光灯の下、書架と書架の間を貫く通路が、ひたすら細く長く延びているだけだった。

まるで、その隘路《あいろ》だけが、この世のすべてであるかのように――。

ゾクリと。

ユウリの背筋が震える。

同時に、奇妙な考えが脳裏に浮かんだ。

はたして、本に囲まれたこの隘路以外に、世界は存続しているのだろうか？

よもや、この世界にユウリ一人だけということはないか。

不安と焦りが押し寄せる中、ひとまず出口を求めて歩き出したユウリであったが、歩けども、歩けども、書架の切れ目が見つからず、途方に暮れる。

ついには走り出すが、息が切れるほど走っても、やはり書架の切れ目は見つからない。

そうして気づけば、ユウリは本の迷路に囚《とら》われてしまっていた。

(どうしよう……)

このまま元の世界に戻れなくなったらと考えると、心の底から怖くなる。二度と、家族やシモンに会えないなんて、そんなのは絶対に嫌だった。

(誰か、助けて)

ユウリは、あたりを見まわして思う。

なにがいけなかったのか。

どこで、境界線を踏み越えてしまったのか。

冷静になって考えようとするが、恐怖心がそれを妨げる。

(ああ、誰か――)

必死で願いながら、なおもあたりを見まわしたユウリの目に、その時、キラリと光るなにかが映る。

細い糸だ。

わずかな光を捉《とら》え、時おりキラリと輝く蜘蛛の糸――。
ハッとしたユウリは、その輝きが導くほうへと、一歩を踏み出した。

3

次の瞬間。

ドンとなにかにぶつかって、ユウリはよろめいた。その足下には、先ほどまで手にしていた革装丁の本が落ちている。

「あ、すみません」

とっさに謝ったユウリに対し、よろけたユウリの腕を摑《つか》んで支えた相手が、底光りする青灰色の瞳でジロッと見おろしてくる。

「――お前か」

「アシュレイ⁉︎」

そこにいたのは、神出鬼没の上級生、コリン・アシュレイだった。

豪商「アシュレイ商会」の秘蔵《ひぞ》っ子《こ》で、悪魔のように頭が切れ、蠱惑的《こわくてき》な態度で人を翻《ほん》弄《ろう》する、なんともやっかいな人間である。

だが、彼がここにいるということは、もしや先ほどの悪戯も彼だったのか。

そう思ったユウリが、尋ねる。

「もしかして、あれは、アシュレイだったんですか?」

「は？」

眉根《まゆね》を寄せたアシュレイが、意味がわからないというように訊き返す。

「『あれ』って、なんだ？」

「だから、さっきの――」

言いかけたユウリは、アシュレイの表情を見て言い分を引っ込めた。

「いや、いいです」

「なんなんだ」

そんなユウリに対し、アシュレイが不機嫌そうに「だいたい」と尋ね返してくる。

「そういうお前こそ、一人でなにを遊んでいる？」

「別に、遊んでなんか」

「へえ？」

まったく信じていない口調で応じたアシュレイが、「それなら」と質問を重ねる。

「今、どこから湧《わ》いて出た？」

「だから、別に湧いて出たりして――」

反論しかけたユウリだったが、そこでハッと気づいて訊き返す。

「――湧いて出た？」

「ああ」

「僕が？」

「そうだよ」

うなずきながら足下に落ちていた本を拾いあげたアシュレイが、そのタイトルを見たところで「いや」と訂正した。

「違うな。遊んでいたのではなく、遊ばれていたのか」

首を傾《かし》げたユウリが、訊き返す。

「遊ばれていた？」

「そう」

「誰にですか？」

「この本に」

言いながら、本のタイトルが見えるように掲げたアシュレイが、「『ＩＮ』」と短い題名を口にしてからページを繰った。

「あらすじを簡単に言うと、図書館の書架から本を取った主人公が、本を抜き取ったあとのすき間に吸い寄せられ、気づくと、本の迷宮をえんえん彷徨《さまよ》うことになるという幻想小説だ」

「本を抜き取ったあとのすき間……」

心当たりのあったユウリが感慨深げに呟くのを見おろしつつ、アシュレイは続ける。

「俺も現物を見るのは初めてだが、ものの本によると、描写が冗長なだけで、内容はたいしたことないらしい」

「へえ」

「ただ、この本につきまとう謎《なぞ》めいた逸話のせいで有名になった」

「謎めいた逸話？」

「ああ」

うなずいたアシュレイが、詳細を説明する。

「この本が書かれたのは十九世紀初頭だが、著者のＡ・ディシュは生没年不詳で、この小説を執筆中に姿を消している」

「姿を消した？」

驚いたユウリが、訊き返す。

「なぜ？」

「理由はわからないが」

指先をあげて応じたアシュレイが、「あたかも」と続ける。

「今しがたまで原稿を書いていたかのように、その場には、蓋が開いたままのインク壺や封を切ったばかりのウイスキーのボトルが置いてあったそうだ。まさに、陸《おか》の『メアリー・セレスト号』だな。そのため、彼は書きかけの小説に囚われてしまったのではないかという噂《うわさ》が囁《ささや》かれるようになり、その逸話に触発された出版人が、未完のまま、本の刊行を決めたんだ」

「未完？」

繰り返したユウリが、確認する。

「つまり、この小説、終わっていないんですか？」

「そういうこった」

認めたアシュレイが、「だから」と告げる。

「この小説にまつわる都市伝説として、消えた作家が、この作品を終わらせるために、本を手に取った人間を小説の中に呼び込むといわれている。——もちろん、根も葉もない噂に過ぎないが」

そこでパタンと本を閉じたアシュレイが、「ということだが」と言いながら、その本をユウリの顎《あご》に突きつけて詰問する。

「まさか、ユウリ。お前は、ついさっきまで、この本の中に入り込んでいたなんてことはないだろうな？」

「——え？」

ドキリとしたユウリが、「えっと」と言葉を濁す。できれば否定したいところだが、正直者のユウリは、とっさに否定できなかった。

その可能性がなきにしもあらずだからだ。

そんなユウリを見おろし、青灰色の瞳を妖《あや》しく光らせたアシュレイがさらになにか言いかけた時だった。

「そんなところで、なにをしているんです？」

よく通る貴族的な声が、二人の間に割って入った。

もちろん、登場したのはシモンである。薄暗い図書館にあっても、その姿は大天使が降臨したかのように、まばゆく輝いていた。

「――シモン？」

「やあ、ユウリ」

驚くユウリを自分のほうに引き寄せ、シモンは言う。

「約束の時間になってもいっこうに現れないから、心配になって捜しに来たんだよ」

「時間？」

そこで、ユウリが慌てて腕時計を確認すれば、たしかに、待ち合わせした時間はとっくに過ぎている。

いったい、自分はどれだけ図書館にいたのか。

「うわ。嘘《うそ》、ごめん！」

「……まあ、いいけど」

ユウリがなにかに夢中になって時間を忘れることは、さほど珍しいことではないし、シモンもあまり気にしていない。

問題は、アシュレイが一緒だったことである。

ユウリに向けるのとは違う、氷のように冷たい視線をアシュレイに向けつつ、シモンが尋ねる。

「それで、いったい、なにがあったって?」

「ああ、えっと」

ユウリが、考えながら答える。

「それが、僕にもよくわからないんだけど……」

とたん、喉《のど》の奥で笑ったアシュレイが、書架にできたすき間を、隣の本をスライドさせることで埋めながら、「ま、せいぜい気をつけることだ、お貴族サマ」と忠告する。

「そうやって囲い込んで安心したところで、ちょっとでも目を離すと、そいつは凧《たこ》のように風に乗って、手の届かないところに飛んでいくようだからな」

「手の届かないところ……?」

呟きながら憂いの宿る目でユウリを見おろすシモンを残し、アシュレイは手にした本を振りながらその場から立ち去った。

4

「本の迷宮に囚われる……ねえ」

寮に戻るのも面倒だったため、学生会館に併設されたカフェテリアで簡単なアフタヌーン・ティーをしながら、シモンはユウリの話に耳を傾けた。

それは、なんとも奇妙な話である。

すべて聞き終わったところで、シモンが言った。

「その本のことは、初耳だな。――『ＩＮ』だっけ？」

「うん」

「でも、アシュレイは知っていたわけか」

「だね」

ユウリも苦笑気味に認める。この世に、アシュレイの知らないことがあるのだろうかと真剣に思ったからだ。

考え込むユウリに、シモンが「それで」と尋ねる。

「最終的に、迷宮で迷子になったユウリは、蜘蛛の糸に助けられたと？」

「そうみたいなんだ」

紅茶を飲みながらうなずくユウリを、シモンが水色の瞳で不安げに見つめた。

逆に言えば、もし、ユウリが事前に蜘蛛を助けていなければ、今頃はまだ本の迷宮に囚われたままだった可能性がある。

それを考えると、危険極まりない本といえよう。

シモンが、思案するように言った。

「そうなると、アシュレイがあの本をどうするかが、気になるな」

「そうだね」

ユウリも、その点は同じ意見だ。

あの時、さりげなく持ち去ったようだが、はたして、彼が蒐集《しゅうしゅう》している稀覯本《きこうぼん》の山に加えるつもりなのか。

それとも、別の場所に持っていくのか。

ただ、アシュレイの思惑など、いくら考えてもわからないし、あの本があのまま図書館にあるよりは、どこかに持ち去ってもらえたほうが安心していられるので、シモンは、この件は追究せず、しばらく胸に秘めておくことにする。

さわらぬ神に祟《たた》りなし、だ。

そこで、気分を変えるように「とはいえ」と言う。

「僕らがどうこう言ってもしょうがないことだし、この件はひとまず放っておこう」

「わかった」

「それより、ユウリ、かんじんのレポート用の本は?」

「そっちは、まだぜんぜん」

予想どおりの答えに笑ったシモンが、「それなら」と腰をあげながら誘う。

「これから行って、てきとうに物色しよう」

「いいの?」

「もちろん」

そこで二人は席を立ち、肩を並べて図書館へと戻っていった。

エピローグ

その夜。
シモンは本館最上階にある寮の自室で机に向かい、書きものをしていた。すらすら走る万年筆の先が、流麗な文字を紡ぎ出す。

それと、もう一つ。
本校の図書館には、まだ未処理の本がある模様。
中には、かなり得体の知れない本も含まれている可能性あり。
分類番号のないものは、要注意。

追記。
『ＩＮ』というタイトルの本については、コリン・アシュレイに照会をするべし。

そこで万年筆を置いたシモンは、表紙に「寮長日誌」と書かれたノートを閉じ、手元の電気を消した。

第二話　フォルトゥナの車輪

序章

それは、とある夏至前夜のことだった。

緑色は金色だ
　ウアニンゴラド
火は濡《ぬ》れる
　レラゲツガイラミ
未来が告げられ
　ルレヌハヒ
ドラゴンに会う
　ダロインキハロイリドミ

そんな謎歌《なぞうた》が、呪文のような言葉と混ざり合い、彼のいる空間に響きわたる。

雑木林の中にぽっかりと開けたその場所には、かつて、古色蒼然《こしょくそうぜん》とした霊廟《モーソリアム》が建ち、生徒たちの間ではさまざまな怪異譚《かいいたん》も囁《ささや》かれていたのだが、ある事件をきっかけに壊され、今は見る影もない。

ただ、漂う空気は今も陰鬱《いんうつ》で、生者の世界とはかけ離れた雰囲気を持っている。

そのようないわくつきの場所で、青年は、現在、ちょっとした儀式に参加しているところであった。

決して本気ではない。

顔見知りの生徒に誘われ、断るのも面倒だったので参加した儀式だ。——まあ、本音を言わせてもらえば、多少の好奇心があったのは否めないが、所詮《しょせん》は、お遊びだと割り切っていた。

いわば、社交性の問題である。

どんな呪文《じゅもん》を唱えようと、どんな手順を踏もうと、現実は現実だ。

なにが起こるとも思えない。

ただ、主催者がどんな仕掛けを用意しているか、それを楽しみにすればいい。

そんな軽い気持ちでいたのだが——。

(……なんだ、これは?)

今や、その場には、どこからともなく現れた奇妙な白い靄《もや》が漂い、輪になって歩く彼らのまわりを取り囲んでいる。

しかも、気のせいか、時おり、その白い靄の中から人間とも動物ともつかない顔が浮き出てきて、彼のほうを見て笑ったりしているようなのだ。

（……いったい、なにがどうなっている？）

ここでなにが起きていて、これからどうなってしまうのか。

なにより、恐怖で足がすくんでいるのに、なぜか歩くのを止められない。

他《ほか》の生徒もそうだ。

ここには、十人前後の生徒がいて、全員白い頭巾《ずきん》をかぶっているが、どの足も停《と》まることなく歩き続けている。

歩いて。

歩いて。

歩いて。

このまま永遠に歩き続けることになったら、どうしたらいいのか。

にわかに恐怖が、青年を襲う。

「永遠」という、気の遠くなるような時間への恐怖。

（ああ、誰か）

青年は、視線を彷徨《さまよ》わせて叫ぶ。

（誰か、助けてくれ！）

と――。

湖のほうで誰かがなにか言うのが聞こえた。

その凜《りん》とされいな声にはどことなく聞き覚えがある気もしたが、今の青年に振り返ってたしかめるような余裕などなく、そうこうするうちにも、彼のまわりではさらなる異変が起こり始める。

ドオン、と。

すさまじい音とともに、なにかが輪の中に落ちたのだ。

なんだかは、わからない。

ただ、その衝撃で吹き飛ばされた彼らは、ようやく足を止めることができた。

青年も、尻餅《しりもち》をついてその場に座り込んでいる。

その際、お尻でなにかをムニュッとつぶす感触があったが、それについて深く考えることはなかった。

というのも、ようやく呪縛《じゅばく》が解けて動けるようになった彼らのところに、その時、待っていましたとばかりに彼らを取り締まる側の面々が現れて、新たな騒動に発展したからだ。

気づけば、例の白い靄のようなものは消えていて、そこには、ただただ現実に即した問題が立ちはだかっていた。

（うわっ、生徒自治会執行部《スチューデントソサエティ》――！）

驚いた青年は、慌ててその場から逃げ出す。

大変なことになった。

見つかったら、おしまいだ。

こんな、学校を愚弄《ぐろう》するような儀式に参加していたなどと知れたら、退学を宣告されてしまうかもしれない。

だが、こんなことで退学になったら、親にどんな顔をして会ったらいいのか。

それは、彼にとって、それまでの非現実的な光景など頭からきれいさっぱり吹き飛んでしまうほどの、現実的で身につまされる大問題であった。

そのため、彼はあとも見ずに、必死に逃げる。

まさに、「脱兎のごとく」だ。

正直、逃げ足にだけは自信がある。

そんな彼の制服の尻ポケットで、なにかがホワンと光った。

どうやら、発光する小さなものが、ポケットの縫い目に引っかかっているらしい。

それは、青年の動きに合わせて揺れながら、時おり、ホワン、ホワンと不規則に発光を繰り返している。

さらに――。

そんな発光体を追うように、青年が走り抜けていく雑木林を、二つの白い発光体が、ふわり、ふわりと、頼りなく飛びながら追いかけていった。

第一章　寮長日誌

1

「ぎゃっ！」

騒動の始まりは、誰かのあげた悲鳴に近い声だった。

「なんかいる！」

「なんかって、なに？」

「わからないけど、今、足下をササッてよぎったんだ！」

「マジ？」

「ネズミか？」

とたん、別のテーブルにいた生徒たちにも騒ぎが広がる。

「ネズミだって⁉」

「ネズミだ！」

「ネズミがいるぞ」

「おい、みんな、ネズミだって！」

「げ、最悪――」

　ついには、寮《ハウス》の本館一階にある食堂内はパニックに陥った。

　イギリス西南部にある全寮制パブリックスクール、セント・ラファエロ。

　湖を内包する広大な敷地《しきち》に建物が点在するこの学校では、眼鏡橋を渡った先に、生徒たちが生活する五つの寮が建っている。

　アルフレッド寮。

　ダーウィン寮。

　シェークスピア寮。

　ヴィクトリア寮。

　ウェリントン寮の五つであり、そのうち最西端に位置するのが、現在、ネズミ騒動が起きているヴィクトリア寮だ。

（ネズミ――？）

　奥まったテーブルで昼食を取っていた下級第四学年《ロウアーシックスフォーム》のユウリ・フォーダムも、騒動を耳にしてあたりを見まわした。

漆黒の髪に漆黒の瞳《ひとみ》。

東洋風の顔立ちは決してすごく整っているわけではなかったが、その華奢で凛《りん》とした佇《たたず》まいは、大柄な西欧人の中ではひときわ浮き立っている。

キョロキョロする彼のそばで、仲間の一人が辟易《へきえき》したように呟《つぶや》いた。

「ネズミって、マジか」

それに対し、別の声が冷静に突っ込む。

「いや、それ、本当にネズミか？」

「たしかに。誰か、きちんと目視で確認したんだろうな？」

口々に言いつつ、テーブルを囲んでいた監督生たちは騒動に対処するために立ちあがり、ユウリもそれに続く。

十三歳入学をとるこの学校では、中等教育の三年目にあたる「サードフォーム」が第一学年となるため、一般的に言われる、大学入学資格試験、通称「Ａレベル」を受験するための二年間の準備期間である「シックスフォーム」が第四学年にあたる。

そこで、その二年間については「第四学年」「第五学年」と数字を加算せず、「下級第四学年」と「上級第四学年《アッパーシックスフォーム》」と呼び分けることにしていた。

つまり、上級第四学年がこの学校の最上級生であり、ユウリは、現在、それより一つ下の学年に相当する。

そして、本格的な受験態勢に入る上級第四学年に代わり、各寮の運営や下級生の指導などは、彼ら下級第四学年の中から選ばれた「寮監督生」ならびに「上級監督生」が行うことになっていた。

「寮監督生」と「上級監督生」の違いは、前者が成績よりも人格のよさや快活さなどを重視されるのに対し、後者はあくまでも成績優秀な生徒が選ばれ、主に下級生の勉強面をフォローするという点にある。

とはいえ、それはあくまでも形式的な区分に過ぎず、どちらも同じ監督生として、寮の円滑な運営に力を注ぐことに変わりはない。

そんな監督生をまとめるのが、学年の代表である寮長で、よほどのことがない限り、この寮長が、来期、最上級生となった暁には、寮の「顔」とも言うべき「筆頭代表」として学校運営に携わることになる。

今、ユウリとともに立ちあがったのは、そんな下級第四学年の監督生たちだ。

ただし、寮長だけは、現在、この場にはいない。別件で忙しくしていて、最近は、あまり一つ所に落ち着いたためしがなかった。

「諸君《ボーイズ》！」

上級監督生であるイワン・ウラジーミルが皮肉げに語りかけると、一瞬だけあたりは静まり返ったが、すぐに、近くの寮生が「あ」と言った。

「ほら、そこにいる！」

「え、どこ？」

「どこにいるって？」

近くにいた生徒たちが口々に言いながら、全員足下に視線をやった。

ユウリも例外ではなく、生徒の指さしたあたりの床に目を落とす。

すると、たしかに、なにかがテーブルの下をトトトッと走り抜けるのが目に入る。

それを目撃したユウリが、驚いたように煙《けぶ》るような漆黒の瞳を丸くした。

（え？）

それから、小さく首をひねる。

あれは、本当にネズミだったのか。

いや、むしろ――。

（もっとなんと言えばいいのか……）

ユウリは、考え込む。

（あれって、なんだろう？）

だが、ユウリがあれこれ考えるうちにも、足下をうろつく害獣のことを想像した生徒たちが、勝手にパニックに陥った。

「うわ、そっちに行ったぞ」

「ぎゃっ！　俺、苦手」

「うわああ」

「ちょ、押すな」

狭い場所でむやみやたらと避けたり飛《と》び退《の》いたりするものだから、動きまわる害獣の被害よりも、生徒たちが互いに接触する危険のほうが増してくる。

「あぶねぇな」

「君たち、落ち着いて」

「おい、気をつけろ！」

「痛《いて》えな！」

「ほら、いったん落ち着こう」

怒声と忠告の声が交錯し、騒動の中に入り込んでいたユウリも、ドンと背中を押されてつんのめる。

そのあおりで通路に飛び出したユウリの前に、湯気の立つコーヒーカップを手にした生徒がいた。

「うわっ‼」

驚いた生徒が慌ててカップを頭上高くあげるものの、あまりに急だったため、そのカップが斜めに傾いて、中身を自分たちの上にぶちまけそうになる。

「ひゃ!!」

「危ない――!」

近くにいた誰もがそれに続く惨事を想像したが、その寸前――。

スッと。

背後からそのカップを取り上げて、あらゆる難を防いだ生徒がいた。

ただし、代わりに、それまでカップを手にしていた青年が自分にぶつかってくるのを防げず、手にしていた荷物がバラバラとその場に落ちる。

「あ――」

「うっ」

「げっ!」

いくつかの奇声を残し一瞬にして静まり返った食堂に、その落下の音だけがやけに大きく響いた。

しんとする室内。

現れた瞬間に、その場にいた全員の視線を釘《くぎ》づけにした生徒の名前を、ユウリが慌てて呼ぶ。

「シモン!」

シモン・ド・ベルジュ。

制服姿がこれほど優美に見える人間は、他《ほか》にいないだろう。

白く輝く淡い金の髪。

南の海のように澄んだ水色の瞳。

フランス貴族の末裔《まつえい》で、ヨーロッパに絶対的な勢力を持つ名門ベルジュ家の後継者として帝王教育を受けてきたシモンは、その恵まれた出自に見合うだけの完璧《かんぺき》な容姿と頭脳を併せ持ち、立ち居振る舞いの優雅さは、まさに「貴公子」の一語に尽きる。

当然、憧《あこが》れる生徒は数知れず、ヴィクトリア寮のみならず、他寮の生徒にも妄信的な崇拝者が続出している。

また、ヴィクトリア寮の寮長にして、学校運営の中枢機関である生徒自治会執行部《スチューデントソサエティ》の代表に下級第四学年から選ばれた数少ないエリートである彼は、ユウリの呼び声に「やあ」と柔らかく応じたあと、小さな溜《た》め息《いき》とともに「それで」と尋ねた。

「いったい、この騒ぎはなんだい？」

2

「すみません、ベルジュ。すみません、ベルジュ。すみません、ベルジュ」

　直立不動の姿勢で壊れた機械のように繰り返す寮生に、「うん、もういいから。──それより、これ」と手にしたカップを返したあと、シモンは落としてしまった自分の荷物を拾うためにしゃがみ込む。

　そんな姿ですら様になるのだから、すごい。

　長い腕を伸ばして拾いものをするシモンの頭上では、仲間たちが口々に報告する。

「ネズミが出たんだ」

「というか、『出た』と誰かが言ったんだ」

「はっきりと見た奴《やつ》はいないんじゃないか？」

「でも、とにかく、それでみんなテンパって」

「そう。──こうなったわけ」

　一人、報告には加わらず一緒にしゃがんで荷物を拾い始めたユウリに目で礼を述べて立ちあがったシモンが、「なるほど、ネズミね」と呟いてから訊《き》き返《かえ》す。

「それはかなり由々しき問題だけど、まず確認させてもらうと、ウラジーミルも言ったように誰か確実にネズミを見たと断言できる生徒はいる？」

「あっと、それは」

寮監督生のルパート・エミリが視線を彷徨《さまよ》わせ、同じく寮監督生の一人でラグビーの名選手でもあるマーク・テイラーが猪首《いくび》を回して叫んだ。

「おい、聞いただろう、みんな。この中に、誰か、はっきりとネズミの姿を見た奴はいるか？」

それに対する返事はない。

彼らの周囲には、シモンの磁力に引かれて大勢の寮生たちが円を作るように集まってきていたが、その誰もが気まずそうに首をすくめ、窺《うかが》うようにあたりを見まわした。

どうやら、誰一人、その問いに答えられる人間はいないらしい。

「おいおい、ゼロか？」

「遠慮しなくていいんだよ、見たなら見たではっきり名乗りをあげて」

上級監督生でシモンと同じフランス出身のジャック・パスカルが言うと、勇気を出した下級生の一人が、「……あの」と声をあげた。

「僕、ちょっとだけ見たんですけど、ネズミというよりは、もっと違う、なんかうまく説明できませんが、ああ、そう、エリマキトカゲみたいな感じでした」

「――エリマキトカゲ？」

「いや、エリマキトカゲではなかったと思いますが、なんか、そんな感じで」

それに対し、別の生徒が言う。

「あ、わかる。俺も見たけど、みんなが騒いでいるようなネズミではなく、小さなおじいさんが走っているように見えたから」

とたん、まわりの生徒が笑い、ひやかした。

「なんだ、それ」

「おじいさんって」

「ここは、魔法学校じゃないぞ」

ただ一人、シモンの荷物から埃《ほこり》を落としていたユウリだけは、笑わずに、手を止めて発言した生徒の顔をじっと見あげた。

煙るような漆黒の瞳に浮かぶ驚嘆の色。

気づいたシモンがなにか言おうとしたが、それより早く、ひやかされた生徒が「うるさいな」と言い返した。

「そう見えたんだからしかたないだろう。……まあ、たしかに、おじいさんというのはちょっと言いすぎだったかもしれない。だけど、あんな感じの、ほら、あれ、あの往年のSF超大作に出てくる『フォース』の指導者を小型化したようなのがいて、俺、とっさに、ゴブリンが現れたのかと思ったくらいだから」

「ゴブリン⁉」

「マジか」

「小さなおじいさん」には懐疑的でも、「ゴブリン」には若干肯定的な反応が返ってくるあたり、さすがイギリスといえよう。

溜め息をついたシモンが、その場の騒ぎを収めるために「だとしたら」と宣言する。

「害獣駆除業者に連絡するのは少し待って、ひとまず旧来の方式でネズミ取りでも仕掛けよう。みんなも、いちおう、姿を見たり、なにか痕跡《こんせき》などを発見したら、写真などに収めて監督生に知らせるようにしてくれるかな？」

あたりを見まわしながら言うと、全員がぶんぶんと首を縦に振る。

ふだん、殿上人であるシモンから直接頼まれごとをされることのない彼らにとっては、こんな些細《ささい》な言葉でも嬉《うれ》しくてしかたないようだ。

騒ぎの終結した食堂で、シモンがユウリに言う。

「ありがとう、ユウリ。そんな丁寧にしてくれなくてもいいよ」

一つ一つ、丹念に手で土埃を落としていたユウリは、「ああ、うん」と言いつつ、最後の一つを手に取った。

「でも、あとこれだけだから……」

言いながらノートの表面を払おうとしたユウリは、そこで、ふと手を止めて表題を眺めやる。半革装にされたＡ４サイズのノートには、金色の文字で「寮長日誌」と書かれていたからだ。

「『寮長日誌』……？」

思わずユウリが読みあげると、まわりにいた仲間たちが色めき立つ。

「お、それが、噂《うわさ》の『寮長日誌』か？」

「歴代寮長に受け継がれていくという、極秘ノート」

とたん、情報通のルパートが食いついた。

「え、嘘《うそ》、見たい」

それに対し、ユウリの手からやんわりとノートを取り上げたシモンが、少々面倒くさそうに答えた。

「そんなたいしたものではないし、人に見せるようなものでもないよ」

「ま、そうだろうけど」

「そもそも、部屋から持ち出していること自体、珍しい」

ウラジーミルの皮肉げな言葉に、シモンがうなずく。

「そうなんだけど、現在の僕の部屋の状況を考えると、うかつに置いておけなくて、こうして持ち歩くようにしているんだ」

「ああ、たしかに」

その答えはとても説得力があり、仲間たちが大いに納得する。

というのも、先日、シモンが、来期の生徒自治会執行部総長の座を決める総長選挙への立候補を取りやめ、代わりにシェークスピア寮の寮長であるアーサー・オニールを全面的に支持すると発表してからというもの、彼の身辺は実ににぎやかだからだ。

生徒自治会執行部というのは、各寮の上級第四学年から選出された代表たちによって運営される執務機関で、主に予算配分や学校行事などを取り仕切る。

そんなエリート集団に、下級第四学年からは、毎年、五人いる寮長の中から三名だけが選ばれる。

そして、シモンは、今期、アーサー・オニールとともに下級第四学年から代表入りを果たしていて、当然、代表たちを取りまとめる来期の総長には、この二人のうちのどちらかがなるだろうと誰もが予想していた。

そして、おおかたの下馬評では、留学生であるにもかかわらず、シモンがなるだろうと思われていたのが、今般、シモンがあっさり辞退を表明したことで、オニールの当選が確実となったのだ。

しかも、シモンのすごいところは、総長選挙を辞退する条件として、来期の執行部の運営に関し、時代に即したさまざまな改革をあげたことにあり、それを受け、ここしばらくシモンの部屋には、話し合いの場を持とうとする生徒たちがひっきりなしに出入りしていた。

おかげで、一部の生徒たちの間では、密《ひそ》かに、ヴィクトリア寮の寮長部屋のことを「第二執行部室」と呼ぶのが流行《はや》っているほどである。

そんな事情もあって持ち歩いていたという「寮長日誌」の存在を、ユウリはこの場で初めて知った。

「そんなものがあったんだ……？」

「え、知らなかったのか、ユウリ」

「嘘」

「こんなに有名なもの」

シモンの親友として四六時中一緒にいるユウリが知らないほうがみんな意外であったようだが、考えようによっては、それは実にユウリらしいことで、「ま、でも、そうか」とすぐに納得してくれる。

「シモンがこれみよがしに人前で書いてなきゃ、詮索《せんさく》ということをしないユウリが知らなくても、不思議ではない」

シモンが認める。

「たしかに。僕は、一度もユウリに話したことはないから」

そう語る言葉の裏には、話す必要もないくらいどうでもいいことだというニュアンスが感じ取れ、皮肉屋のウラジーミルやミーハーなルパートたちが「これだから」と言いたそうな視線をかわす。

人によっては、そのノートを手にできることに至上の喜びを感じ、優越感とともにさりげなく人に見せつけることもあるだろう。

それが、シモンの手にかかると、「日誌」以外のなにものでもなくなる。

ユウリが、意外そうに尋ねる。

「シモン、この一年、ずっとそんなものを書いていたの？」

「そうだね。いちおう寮長の義務だから」

なんてことないように応じたが、通常の仕事の他にそんなものまで書いていたのであれば、睡眠時間が削られるのもわかるというものである。

「……大変そう」

寮長の激務を思って気の毒そうに眉《まゆ》をひそめるユウリだが、当のシモンは飄々《ひょうひょう》としたもので、「別に」と言う。

「面倒な時は一行、二行ですませるし、韻を踏んで書かなければならないものでもないからね。――まあ、一分、二分くらいの手間であれば、たいした労力でもない」

「それはそうかもしれないけど……」

だとしてもだ。

同情を示すユウリに対し、ルパートがここぞとばかりに訊く。

「図書館に、それ専用の棚があるって本当？」

「ああ、あるね」

認めたシモンが、説明する。

「鍵《かぎ》のかかった部屋があって、そこに寮別の棚がある。しかも、棚にも鍵がかかっているから、いつでも読めるのは、それぞれの寮の寮長と筆頭代表で、他の寮の日誌は申請しないと、読めない」

「へえ」

「でも、本当にたいしたことは書かれていないし、そこまで秘密めかす必要はないものだと僕は思っている」

「ま、権力者というものは、往々にして秘密が好きだから」

ウラジーミルの皮肉に、シモンは大いにうなずいた。

「そのとおり」

それでも、いちおう他の人に見せずにいるのは、無駄に波風を立てる必要はないとの判断だろう。

シモンとて、意味なく体制に反抗する気はないのだ。

ただ、必要と判断すれば、いくらでも開示する。

そこで、彼らはシモンを交え、すっかり途中になってしまっていた食事を再開するために、元いたテーブルへと戻っていった。

3

同じ日の午後。

ヴィクトリア寮の寮生であるエイブ・グリオンは、午後の授業を前に、とても焦っていた。

というのも、部屋で飼っているハムスターのケージをきれいにし、その間、かんじんのハムスターを別の箱に移しておいたのだが、なにかの拍子にそれを倒してしまったらしく、気づいたらハムスターが消えていたのだ。

今日の授業では、最初に試験範囲が発表されるため、絶対に遅刻するわけにはいかないというのに、こんな時に限って、なぜ、こんなハプニングが起こるのか。

だが、このまま逃げたハムスターを放《ほう》っておくわけにもいかず、とにかく彼は焦りまくっている。

「……まずいぞ」

グリオンは、布団をめくったり、ベッドの下を覗《のぞ》き込《こ》んだりしながら呟く。

「これは、絶対にまずいって」

下級第四学年の生徒である彼は、狭いながらも新館に個室を与えられている。

ちなみに、セント・ラファエロに五つある寮はどれも造りが一緒で、木造で懐古趣味なところがある本館と近代化された新館が渡り廊下で繋《つな》がっている。

本館では第三学年《フィフスフォーム》までの生徒が大部屋生活を送っていて、その最上階に、グリオンと同じ学年から選出された監督生がかなり豪奢《ごうしゃ》な個室を与えられて暮らしていた。ただし、下級生の面倒をみる彼らの生活はなかなか過酷で、いくら特権的に広い部屋を与えられているといっても、そこでくつろぐ時間はあまりなく、せっかくの特別扱いも満喫している余裕はほとんどないはずだ。

あるとしたら、それは、寮長のシモン・ド・ベルジュくらいのものだろう。

それを思えば、グリオンのように、たとえ部屋は狭くても、そこで悠々自適な生活ができる一般の生徒のほうが、はるかに幸せといえるのかもしれない。

個室を与えられた彼らは、そこでのペットの飼育も許される。

ただし、飼う対象は、散歩の必要がなく、頻繁に鳴かず、水槽を使わないなどの厳しい条件があり、かつ、飼うに当たっては申請が必要で、さらにペットによる損害は飼い主が全責任を負うことになっていた。

そのため、実際に飼っている生徒は少なく、彼と同じハムスターを飼っているのが数人と、珍しいところでは、ハリネズミが一人、あとはミニウサギが一人にインコを飼っているのが二人いるだけだと聞いていた。

そのハムスターが、消えたのだ。

いったい、どこに行ってしまったのか。

(早く見つけないと——)

ペットの粗相は、飼い主の責任である。

そして、彼の場合、先日、学校じゅうを騒がせたとある事件に加担し、そのことで筆頭代表のグレイから大目玉をくらったばかりであれば、ここで新たに問題を起こすわけにはいかないのだ。

「おい、頼むから、出てこいって！」

言いながらパッと枕《まくら》をどけると、黒い影がサッとよぎった。

「あ、見っけ」

言いながら慌てて手を伸ばして尻尾《しっぽ》のような細いものをとらえた彼は、よく見ることもせずに、そのまま掃除したばかりのケージに放り込む。

なんといっても、今すぐ出ないと、授業に間に合わない。

ケージの中に据えられた木製の立派な回し車がカタカタと音を立てて回り始めるのを聞きながら、彼は、大急ぎで机の上にあった荷物を取りまとめ、さっと踵《きびす》を返すと、駆け足で部屋を出ていく。

バタバタ。

バタン。

バタバタバタ。

足音高く出ていった、その足音が次第に遠ざかり、消えていく。

そうして、主《あるじ》のいなくなった部屋の中では、相変わらず、木製の回し車がカタカタと音を立てていた。

それは、なかなか立派な回し車で、二つの木製の車輪を細い丸太で繋いだ形で、パッと見に山小屋を思わせる。出入りは、丸太の一部に開いた丸い穴からできるため、中にいるハムスターを見るには、その穴を覗く必要があった。

もちろん、今も、外からはなにが回し車を回しているかは、確認できない。ただ、カタカタ、カタカタ、回っているところからして、中にハムスターがいるのだろうと認識できるだけである。

と——。

窓辺のカーテンが風もないのに小さく揺れ、やがて裾《すそ》のところからハムスターが顔を覗かせた。

髭《ひげ》のある鼻をぴくぴくと動かし、あたりの様子を探っている。

そのつぶらな瞳が、主がいないはずのケージに向けられ、さらにそこで動いている回し車を捉《とら》える。

カタカタカタカタ。

カタカタカタカタ。

ケージの中で回る回し車を見つめるハムスターが、首をわずかに傾け警戒するように頬《ほお》を膨らませた。

そんな部屋の外では、午後の授業の開始を知らせる鐘が鳴り響いていた。

第二章　降ってきた幸運

1

一週間後。

今期最後の試験を終えたユウリは、湖畔の散歩道を歩きながら、なんとも浮かない顔をしていた。

試験の手ごたえが、悪かったのか。

その手が、時おり、無意識に首元の鎖に触れる。

実を言うと、ユウリの懸念は、試験の結果などではなく、その鎖の上にあった。

正確には、鎖の先にぶらさがっているモノの上であるが、そこには、卒業を間近に控えた上級第四学年《アッパーシックスフォーム》の生徒で、かつ、ヴィクトリア寮《ハウス》の「魔術師」として名高いコリン・アシュレイからもらった鍵《かぎ》がぶらさがっている。

英国きっての豪商「アシュレイ商会」の秘蔵《ひぞ》っ子《こ》で、恐ろしく頭が切れ、高飛車な態度で人を翻弄《ほんろう》する、まさに「悪魔の申し子」のようなアシュレイは、オカルトにも造詣《ぞうけい》が深く、寮の部屋に怪しげな稀覯本《きこうぼん》を数多く持ち込んでいた。

それらを、最近になってどこかに移したらしく、今では、以前のような退廃的な雰囲気など見る影もないほど殺風景な部屋になっている。

変化の噂《うわさ》は瞬く間に広がり、多くの生徒が稀覯本の行方に密《ひそ》かに興味をいだいているようであったが、ここに来て、ユウリはそれらの所在地を知らされ、なおかつ、アクセスするための鍵をもらった。

さまざまな事情から止むに止まれぬ思いで受け取ったとはいえ、当然、ユウリはそのことを後悔している。

（どうして）

あの時、きっぱり断れなかったのか。

なぜ、殺すと脅されたわけでもないのに、受け取ってしまったのだろう。

おそらく、それくらい、アシュレイという人間には、人が抗《あらが》えなくなる魅力が備わっているのだ。だからこそ、あれほどの問題児でありながら、熱烈な信者となる生徒があとを絶たない。

（……でも、だからって、やっぱり、これって絶対にまずい）

思うが、今さらどうなるものでもない。

それでつい溜《た》め息《いき》が出てしまうし、シモンに合わせる顔がなかったわけだが、幸い、今もってシモンの身辺はばたばたしていて、あまりゆっくり話す機会がなかった。

おかげで、ユウリも、少しは腹をくくることができた。

とりあえず、この鍵は「預かった」ことにして、よほどのことがない限り、アシュレイとは関《かか》わりを持たないようにしようとおのれに誓う。少なくとも、自分の勝手で関わることだけは絶対にしない。

彼は、危険だ。

その追い求めるところがなんとなくわかってしまう分、よけいに近づいてはいけない相手である。

魂のありようが不安定な今のユウリに必要なのは、彼のことを彼方《かなた》へと追いやる者ではなく、この世界に繋《つな》ぎ止《と》めてくれる確固たる存在だった。

まさに、揺るぎなく地に足をつけているシモンのように――。

そんなことは重々承知しているが、それでも、心のどこかで彼方を追い求める自分がいるのも否めない。

（なんで――）

心の中でそんな堂々巡りを繰り返すユウリの目が、ふと、脇《わき》を通ったモノに吸い寄せられ、それとともに考え事から離脱する。はっきりと見たわけではなかったが、目の端に捉《とら》えたモノの気配がどこか変だったのだ。

(あれって……)

ユウリは立ちどまり、その場で振り返る。

沿道の草むらを揺らして、歩き去っていくモノ——。

今は、姿こそ見えないが、草むらの揺れが移動することで、それと知れた。

煙《けぶ》るような漆黒の瞳を細めたユウリは、その移りゆく揺れを目で追いながら考える。

(たぶん、アレだよなあ)

そうして目で追い続けたユウリは、ややあって、眼鏡橋を渡って歩いてくる一人の生徒がいるのに気づく。

(……あの人)

どこかで見たことのある生徒である。たしか、ユウリと同じヴィクトリア寮で、しかも学年も一緒だったはずだ。

名前は——。

(エイブ・グリオン)

ユウリが思っているうちにも、こちらに気づいた様子はなく歩き去っていったグリオンであったが、気のせいか、それに合わせ、先ほどのおかしな草むらの揺れも移動する。

それはまるで、その草むらの中にいるモノたちが、グリオンを見つけ、そのあとを追い始めたかのようだった。

（……え、いったいこれって）

その不可解さに対し、新たに考え込んでしまったユウリが、その場にしばし佇《たたず》んでいると――。

「ユウリ」

甘く響く貴族的な声で呼ばれた。

ハッとして顔をあげると、そこには大天使が降臨したかのように神々しいシモンの姿があり、束ねた本とノートを持った手を高く掲げて颯爽《さっそう》と近づいてくる。

その姿は優美そのもので、道行く生徒が振り返っていくのも無理からぬことである。

「シモン」

迎え入れたユウリに対し、シモンが言う。

「ちょうどよかった、ユウリ。時間があるようなら、午後のお茶に誘おうと思っていたんだ」

「本当に？」

浮き立つ思いで応じたユウリが、「あ、でも」と気がかりそうに訊《き》く。

「生徒自治会執行部《スチューデントソサエティ》の件で、忙しいのではなく？」

「まあそうだけど、僕にだって、ゆっくりお茶をする権利くらいあるはずだから」

この際、他はすべて後回しにしてもいいだろうという論法だ。

「たしかに」

大きくうなずいたユウリが、シモンと肩を並べて歩き出す。

歩きながら、シモンが訊く。

「それはそうと、ユウリ、グリオンがどうかしたのかい?」

「――え?」

ドキリとしたユウリが、訊き返す。

「なんで?」

「なんでって」

シモンが横目で見おろし、「君」と続ける。

「彼のことを、ずっと見ていたから」

「――ああ」

言われてみれば、あんなところにぼんやりと突っ立っていれば、なにをしているのだろうと不審がられてもしかたない。

苦笑交じりに納得したユウリが、「別に」と答えた。

「彼がどうしたというわけではないいんだけど、強いて言うなら、なにか問題でも抱えているんじゃないかと、ちょっと心配になったんだ」

「問題？」

意外そうな口調になったシモンが、「それって」と問う。

「どういう意味での問題？」

「……さあ」

自分から注意喚起しておきながら、かんじんなところで首を傾《かし》げるユウリを、シモンが少々呆《あき》れた口調で呼ぶ。

「『さあ』って、ユウリ」

「ああ、ごめん」

慌てて謝りつつ、ユウリは説明する。

「でも、本当にわからないんだ。問題があるかどうかもわからない。――ただ、ちょっと気になっただけで」

「へえ」

シモンが、それはそれで興味を覚えたように応じる。

「なるほど。気になった……ねえ」

こんなこと、他の生徒が言ったのであれば、シモンもそれっきり取り上げる気など失《う》せてしまうだろうが、ことユウリが相手となると、若干意味合いが違ってくる。

出会ってまだ三年くらいのものであるが、最近とみに思うのは、ユウリという人間は感性が鋭い分、シモンなどが気づきもしないようなことに目がいく傾向にある。それは、戦いに勝利することで欲しいものを手に入れてきた西洋社会ではあっさり弾《はじ》き飛《と》ばされてしまうような少々弱い人たちへの優しい眼差《まなざ》しによるのだろう。

それともう一つ、こちらのほうがかんじんかもしれないわりにシモンの中にはまだ受け入れ態勢が十分に整っていないことであったが、ユウリが、世に「超常現象」と呼ばれる事柄に触れやすく、かつ、霊的問題を解決に導く能力を持っていることもそうだ。その力によって、誰かが抱えている表面上見えない問題を解決することができてしまう。

人に見えないものを見て、聞こえない声を聞いてしまうユウリ。

そんな霊能力の保持者であり、さらに魂の救済者のような側面を持つということが、ユウリ・フォーダムという人間を決定的に他者と隔てている最大の特質といえよう。

正直、シモンとしては、そんな危ういものにユウリを近づけたくはなかったが、ある意味、それこそがユウリという人間の根幹をなすのだと思うにつけ、少しずつ諦《あきら》めとそれに伴う開き直りのような感覚が芽生えつつある。

霊能力なくして、ユウリという存在は語れない。

となると、ユウリという人間を完全に受け入れるためには、おのずと「霊能力」や「超常現象」、それに「オカルト」などといったことも許容できる思考の柔軟性が必要となってくる。

（オカルト……）

シモンは、その単語と同時に思い浮かんだ顔に、複雑な想《おも》いをいだく。

なんと言っても、シモンが我を立ててユウリの能力やユウリを取り巻く環境を否定すればするほど、三度の飯より超常現象が好きという酔狂だが非常に能力の高い男――コリン・アシュレイは、もっけの幸いとユウリとの距離を縮めにかかるに違いないからだ。

それだけは避けなければならず、そうなると、シモンのとる道はただ一つ。

ユウリという存在を、その背後にある常識を超えたものまで丸ごと受け入れることである。

最近になり、ようやくその覚悟もできてきたシモンだ。

ただ、いくらシモンがそう思っても、かんじんのユウリがこんな感じであるので、いったいどう対処してよいものやら、よくわからなくなってしまう。

問題解決能力に長《た》けたシモンとしては、それがなんとも歯がゆくてしかたない。

それでも、ひとまずシモンは質問を重ねた。

「具体的に、グリオンのなにが気になるかくらいは、わからない？」

「う……ん。そうだね」

漆黒の瞳を翳《かげ》らせたユウリが答える。

「まだ、はっきりと言えることはなにもない、かも。……えっと、なんかごめん、シモン」

顔色を窺《うかが》うように見あげてきたユウリを、シモンが柔らかな眼差しで見おろす。

「いや。謝られたところで、君が悪いわけでもないだろう」

答えたシモンが、「でも」と続ける。

「君がそう言うなら、グリオンのことは、いちおう、僕のほうでも心にとめておくようにするよ」

「ありがとう、シモン」

そこで二人は、寮の階段をのぼり、シモンが開けてくれた扉からユウリは中へと入っていった。

2

食堂では、すでに下級第四学年《ロウアーシックスフォーム》の監督生たちが午後のお茶を楽しんでいて、ユウリとシモンはそこに合流した。

「やあ、遅かったね、二人とも」

数学の天才であるパスカルの言葉に、ラグビーの名選手であるテイラーが付け足す。

「ま、シモンが忙しいのはわかるにしても、ユウリはなんで遅かったんだ？」

「なんでって、なんでだろう……」

考え込むユウリをシモンがチラッと横目で見る。理由は明白であるはずだが、ユウリは本気で悩んでいるようであり、それがシモンとしてはおもしろく思えたのだ。

ややあって、ユウリが答えた。

「たぶん、ちょっとぼーっとしてたから」

「なんだ、そりゃ」

爆笑するみんなの中から、代表して皮肉屋のウラジーミルが言った。

「それって、ユウリか、でなきゃ、失恋かなにかで傷心中の人間以外が言ったら、絶対にダメなやつだな」

「たしかに」

ユウリが小さく首をすくめる横で、シモンが苦笑する。

すると、ケーキをつついていたルパートが、フォークをあげながら「傷心といえば、さ」と切り出した。

「シェークスピア寮のハドソンの話、知っている?」

「知るか。——というより、そもそも『ハドソン』を知らないからな」

両手を開いて応じたウラジーミルに対し、パスカルが言う。

「ネット監視チームの一人だね。人物は知っているけど、彼がどうしたんだい?」

「それがさあ」

ルパートが得意げに話し出す。情報通であることがことのほか自慢の彼は、人が知らない話を披露できる時に無上の喜びを感じるらしい。

「彼、フラれたんだよ」

「フラれた?」

「誰に?」

「それ以前に、彼、付き合ってたんだ?」

「そう。びっくりだろう?」

意外そうなパスカルに対し、頷いて応じたルパートが続ける。

「でも、本当に付き合っていたんだ」

「だから、誰と？」

ウラジーミルの再度の質問に、ルパートが答える。

「カテリナ女学院の『ルビー・シェリル』って娘《こ》。これがなかなかの美人らしくて、シェークスピア寮では、ここしばらくかなりホットな話題だったみたい」

「いいな」

「たしかに。どうしたら、そんなうまい話にありつけるんだ？」

テイラーに問われ、ルパートが答える。

「なんでも、付き合うきっかけは、五月のあたまに、ユウリとオニールが助《すけ》っ人《と》に入った向こうの演劇祭だったそうで、連絡先の交換から始まって、この一ヵ月ちょっとの間にかなりいい線までいったらしいけど、先週の土曜日にフラれちゃったって」

「へえ、なんでだろう？」

屈託なく尋ねたパスカルに、ルパートがフォークの先を向けて言う。

「それが、彼、やめておけばいいのに、ここが勝負って時に、ラテン語で愛を打ち明けたそうなんだ」

「ラテン語で？」

「それは、かなりリスキーだな」

「ウェルギリウスとかからの引用か?」

「ううん」

ルパートが首を横に振ってから、「まったくそうではなく」と教える。

「僕が聞いた話では、デカルトの名文をもじったそうだよ」

「デカルト?」

そこで、キョトンとして顔を見合わせた仲間たちが、確認するように言い合う。

「それって、あれか?」

「うん、あれだよな。例の『我思う《コギト》、ゆえに我あり《エルゴスム》』っていう」

「それそれ」

ルパートがにこやかに認めて、「ハドソンは」と続けた。

「それをもじって、『我愛する《アモー》、ゆえに我あり《エルゴスム》』としたためた手紙を渡したんだって」

「それはヤバいな」

「そうだね」

「相当ヤバいだろう」

口々に言う仲間たちに対し、ルパートが「そのとおりで」と言う。

「案の定、彼女に、『気持ち悪っ』って言われてフラれたらしい」

「あ〜」

おおかたの人間の口から、溜め息がもれる。

「まあ、そうだろうな」

「今時、ラテン語なんて流行《はや》らない」

「ハドソンもなにを考えているんだか」

「そりゃ、知的なところをアピールしたかったんだろう」

「バカだなあ」

「とはいえ、女って残酷」

「ホントだよ」

それに対し、ルパートが補足する。

「当人曰《いわ》く、『所詮《しょせん》女にラテン語の奥深さなんてわからない』だそうだけど」

「うわ。これ以上ないっていうくらいの、負け犬の遠吠《とおぼ》えだな」

「恥ずかしいほど、アホだ」

痛烈な批判が続く中で、テイラーが「だけど」と首を傾げた。

「俺もルビーの名前なら聞いたことがあるが、彼女、カテリナ女学院の中でもなかなかの才女であるらしいから、ラテン語とか、むしろ好きそうなんだが」

昨今、ラテン語を教える学校は激減しているが、セント・ラファエロやカテリナ女学院のような、上流階級の人間が多く通う学校では、ヨーロッパの古典に精通するという意味で、いまだにラテン語は必須《ひっす》授業となっていた。

「だからだろうね」

それまで黙って話を聞いていたシモンの言葉に、全員の視線がシモンに向く。

テイラーが訊き返した。

「だからって、なにがだ、シモン？」

「いや、だからさ、彼女はラテン語の意味を理解したうえで、『気持ち悪っ』と言った可能性があるということだよ」

軽くルパートの言い方を真似《まね》たシモンに対し、仲間内からクスクスと小さく笑いが起きる中、首を傾げたユウリが訊き返した。

「どうして？」

「そう思うのかって？」

「うん」

頷くユウリに、シモンが教える。

「もちろん、僕は『ルビー』を直接は知らないので、はっきりそうだと断言できるわけではないけど、でも、ユウリ、考えてごらんよ。『Amo, ergo, sum』では、ハドソンは、ルビーに対して愛の告白をしたことにはならないだろう？」

「え、なんで？」

ラテン語がさほど得意ではないユウリがとっさに問い返し、シモンは「だって」と当然のごとく答える。

「その文章だと、なんというか『愛こそ、おのれの本分なり』とでも宣言しているような、よく言えば博愛主義者、悪くすれば浮気男の言い訳みたいで、やっぱり言われたほうとしては、『気持ち悪っ』ってことになるだろう。それに、デカルトの原文を完全に踏まえるつもりなら、ナルシスト的発言と取れなくもない」

「ナルシスト？」

「うん。原文はかんじんな言葉が省略されていて、解釈の仕方はいくつかあるけど、その中でもわりと一般的なものとして『とことん考え尽くしたところに考えるという私がいた。ゆえに、それが存在するということだ』とする捉え方がある」

「『考え尽くしたところに』……」

噛みしめるように繰り返すユウリを見つめつつ、シモンは言う。

「それを踏まえて、今回、ハドソンのつづった文章を見ると、『とことん愛し尽くしたところに、私という存在があった』というような解釈ができてしまうから」

「ああ、たしかに。それだと、取りようによってはナルシストっぽくて、『気持ち悪っ』ってなるね」

ユウリまでもがルパートの物言いを真似て肯定したため、小さく笑ったシモンが

「そう《ウイ》」と母国語でうなずいて続ける。

「だから、もし、君がこの先誰かに愛を伝えたくなったら、せめて対象となる人称代名詞を入れて『君を想う《テアモー》、ゆえに我あり《エルゴスム》』くらいにはしておくことを勧めるよ」

「わかった」

納得するユウリの前で、「ただ、やっぱり」とシモンは付け足した。

「ラテン語を使うなら、無難なところで、ウェルギリウスあたりからの引用にしておくべきだね」

「そうそう。そうしたら、フラれずにすんだかもしれない」

ルパートが言うと、それを受けてテイラーがおもしろそうに応じた。

「なんであれ、捨てる神あれば拾う神ありで、フラれたり出会いがあったりと、みんな青春を謳歌《おうか》していていいことだな」

「え？」

その言葉に引っかかりを覚えたらしいルパートが、テイラーを見て尋ねる。

「出会いって、まさかテイラー、誰かと恋に落ちたとか？」

「違う」

言下に否定したテイラーが、ニヤニヤしながら告げる。

「灯台下暗しだな、ルパート」

「灯台下暗し？」

「ああ。他寮のことにばかり気を取られていて、かんじんのヴィクトリア寮の噂に疎くなっているってことだよ」

「え、マジで？」

「ああ。それこそ、先週末に、グラストンベリーまで本を買いにいったエイブ・グリオンが、まさに映画か小説の中でしか味わえないような出会いでもって、カテリナ女学院のリサ・コーンウェルと知り合い、恋に落ちたって話だから」

「嘘。――知らなかった！」

矜持《きょうじ》を傷つけられたように愕然《がくぜん》とするルパートのそばで、何人かが「グリオン？」とそれぞれの反応を示した。

心持ち心配そうなユウリ。

軽く視線をユウリに流しただけで、あとは無表情を保ったシモン。

それに対し、どこか複雑そうな視線をかわしたのは、上級監督生を務めているウラジーミルとパスカルだった。

というのも、実は、昨日、今回の学期末試験の中間結果が発表され、グリオンが数学やラテン語など記述式以外の科目でウラジーミルを抜き、シモン、パスカルに次ぐ三位の成績であるのがわかったのだ。

それまでほぼ平均点しか取ってこなかった彼の快挙に対し、当然、生徒や先生たちから疑惑の目が向けられ、担当教官より相談を受けたヴィクトリア寮の筆頭代表であるグレイが、グリオンの快挙を讃《たた》えるという名目でお茶に招き、今回の試験での勉強方法など詳しい話を聞き出したばかりだった。

それによると、グリオン自身、今回の結果には非常に驚いていて、決して本人の意図するところではなかったと説明しているらしい。

彼は、いつもどおり試験勉強が間に合いそうになかったため、いくつかヤマを張り、そこだけ集中的に勉強をしたのだが、いざ、試験に臨むと、それらのヤマがことごとく当たってしまい、怖いくらいに問題が解けてしまったということであった。

「怖いくらい」というのは、自分でも、急にこんなにできてしまったらカンニングを疑われるのではないかと焦ったからで、試験中、何問か、わざと間違えようかとも考えたそうだが、ヤマを張った範囲については、彼なりに頑張って勉強したので、それを間違えるというのも癪《しゃく》で、結局、「とんでもない幸運に恵まれた」として、解ける問題はすべて解いたということであった。

ただ、自分でも思ったくらいなので、カンニングを疑われるのもわかるし、かといって疑われたままでいるのは嫌だからと、彼は、勉強に使ったノートをグレイに預け、グレイが担当教官にそのノートを渡したところ、たしかに、今回は幸運にもヤマが大当たりしただけで、決してカンニングではないという結論に達していた。

おかげで、今回、成績が四番手となったウラジーミルとしては、かなり苦い思いをさせられたのだ。

その想いを乗せて、ウラジーミルが言う。

「彼女との出会いといい、試験といい、どうやらグリオンには『運命の女神《フォルトゥナ》』がついているようだな」

それに対し、ユウリがなにか引っかかったかのように小さく繰り返す。

「……『運命の女神《フォルトゥナ》』か」

その呟《つぶや》きを聞き逃さなかったシモンも、ユウリに視線を据えつつ、もの思わしげに考え込む。

そんな彼らをよそに、試験を終えた寮生たちは、残すレポートのことはひとまず脇に置いておき、久しぶりにのびのびできる午後の自由時間を過ごすために、はしゃいだ様子で食堂を出ていった。

3

週末。

ヴィクトリア寮本館最上階にあるアシュレイの部屋をこの寮の卒業生であるキース・ダルトンが訪れた。

本来、最上級生であるアシュレイの部屋は新館にあって然《しか》るべきだが、大量の本を移動するのが面倒だという理由で、据え置きになったのだ。そんな無茶な要望が通ってしまうくらい、彼の存在は異色であった。

部屋のドアをノックする音を無視し、ソファーに横になってペーパーバックの本を読んでいたアシュレイは、応《いら》えもないのに勝手に入ってきたダルトンの顔を見て、なんとも皮肉げな笑みを浮かべた。

「居留守を使ったつもりだが、わからなかったか?」

「わかったから、勝手に入らせてもらったまでさ。——当然だろう?」

「なるほど。相変わらず、なにをするにも節操というものがない男のようだ。それとも、それが『ケンブリッジ式』というやつか」

大学の所在地を使って嫌みを言う彼に、ダルトンが鼻を鳴らして応じる。

「そういう君こそ、相変わらず傲岸不遜《ごうがんふそん》だね。――久しぶりに訪ねてきた先輩に対する態度とは、とうてい思えないぞ」

「押しつけがましいところも、変わらない」

起きあがることもせずに言い放ったアシュレイは、そこでダルトンには興味を失ったように本の続きを読み始める。

それを諦めの境地で眺めやったダルトンが、「君に」と言う。

「ユウリの千分の一でも可愛《かわい》げがあれば、いいんだが。――いっそのこと、卒業前に分けてもらったらどうだ？」

黒髪に青い瞳をしたダルトンは、洒脱《しゃだつ》で機転が利き、在学中「快楽主義者《エピキュリアン》」の名をほしいままにしていた男で、アシュレイとは趣を異にする悪の魅力を備えている。

学年では、アシュレイの二つ上、ユウリとシモンの三つ上であるため、本来、ユウリとはあまり接点がないはずだが、ダルトンの幼馴染《おさななじ》みであるアレックス・レントがユウリと親しかった関係で、在学中からユウリのことを可愛がってきた。

そのことを、アシュレイなどはむしろ邪魔くさく思っているくらいで、「は」と鼻で笑ったアシュレイが、本を読みながら非難する。

「そんな非道なこと、俺にはとてもできないね。――なにせ、あいつから可愛げをとったら、ただのナマケモノになっちまうからな」

「それは、ひどい」

口では反論するが、ダルトンは本気でユウリのことを庇《かば》う気はないようで、「ただまあ、そんなことはともかくとして」とすぐに話題を替えた。

「いちおう、俺だって、土産話の一つも持たずに君の部屋を訪れたりはしないよ」

「へえ」

チラッとダルトンに視線を流したアシュレイが、「で？」と問う。

「その土産話とやらは？」

歓迎する気もお茶を出す気もないが、情報だけはしっかり手に入れる気でいるアシュレイの態度に対し、ダルトンが苦言を呈する。

「人の話を聞くつもりなら、せめて起きあがったらどうだ？」

「安心しろ。耳はいいほうだ」

誰もそんな心配はしていないが、これ以上なにを言っても無駄であると知っているダルトンは、結局ドアに寄りかかって話し始めた。

「なんでも、今、この寮にはとんでもないラッキーボーイがいるんだって？」

「エイブ・グリオンのことか？」

「そう」

「なんだ、恋人にするなら、やっぱり年は若いほうがいいってか？」

恋の相手に男女を問わない性質《たち》であるのをあげつらった言葉に、ダルトンはまったく気を悪くした様子もなく応じる。

「そうではなく、彼に関連して、大学でちょっとおもしろい話を聞いたんだよ。――おもしろいというか、君の興味を惹《ひ》きそうなというべきか」

「ほう?」

相変わらず本を読みながら聞いているアシュレイは、まだ興味半分というところであるようだ。

ダルトンは、アシュレイの食指がどこで動くか観察しつつ、話を続けた。

「ちなみに、君は、『寮長日誌』の存在を知っているな?」

「当然」

「なら、話は早い。大学のサークルにここの卒業生がいて、しかもウェリントン寮の寮長だったようなんだが、彼は、以前に書かれた『寮長日誌』に目を通している時に、とても奇妙な記述を見つけたそうなんだ」

「奇妙?」

「そう。彼曰く、『オカルティック』なものだそうだ」

「『オカルティック』ねえ」

その言葉は、現代ではとても陳腐に聞こえるが、本来の「オカルト」には「隠された」

という様な意味合いがある。

ダルトンが続ける。

「その記述によると、我らがヴィクトリア寮の生徒の一人が、当時はまだ存在していた霊廟《モーソリアム》で小さな木製の車輪を拾ったそうなんだが」

そこで、いったん話を止めたダルトンが、「まあ」と付け足した。

「霊廟に自由に出入りできたということは、そのヴィクトリア寮の生徒というのは、例の鍵の保持者だったんだろう」

かくいうダルトンがどこかニヤニヤしているのは、在学中にその鍵を保持していて、さらにそれをアシュレイに継承したという経緯があるからだ。

基本、日中も鍵がかかっていて出入りできなかった霊廟は、誰が始めたのか、密かに合い鍵が作られ、知る人ぞ知る、夜の密会の場として使用されてきた。さらに、その鍵は必要だと判断された人間に受け継がれてきたのだが、アシュレイから鍵を受け継いだヒュー・アダムスという生徒が、霊廟で不可解な死を遂げたため、伝統は途絶えた。

同時に、霊廟は壊され、今では跡形もなくなっている。

どこか懐かしそうなダルトンに対し、なんの感慨も湧《わ》いていない様子のアシュレイが「木製の車輪ねえ」と呟いた。

どうやら、そのことには、若干興味を覚えたようである。

ダルトンが、「以来」と続ける。

「その生徒には驚くほど運がついてまわって、きれいな女性と運命的な出会いをしたのを皮切りに、ヤマ勘で挑戦した試験でトップの成績を取ったり、宝くじに当たったりと、あらゆる幸運を手に入れたんだ。――まさに、今のグリオンのようにね」

「ほう」

面白そうに相槌を打ったアシュレイが、「もっとも」と笑う。

「グリオンが宝くじに当たったという話は聞いてないが」

「そうだけど、おっつけ取るかもしれない。――だが、そうなったら、それこそマジでヤバいことになるだろう」

人の好奇心をかきたてるように言ったダルトンが、「というのも」と続ける。

「幸運には悲運がつきものであるらしく、その生徒は、ある日、信じられないくらい運の悪い交通事故に遭って死亡した。そのため、その車輪には、悪魔だか悪霊だかの力が作用しているに違いないという噂が立ち、寮生の間にパニックが起きたため、当時の生徒自治会執行部で協議した結果、車輪は霊廟に戻された」

いつの間にか本を胸の上に置いて話を聞いていたアシュレイが、「だが」と疑問を差し挟む。ダルトンにしてみれば、「してやったり」と言いたい状況だが、アシュレイは相手の思惑などどうでもよく、興味があれば話を聞くし、なければ無視するまでである。

「そんなことをしたところで、好奇心旺盛《おうせい》な年頃の生徒たちを黙らせることはできないはずだ。絶対に、その後も身をもって体験してみようとする輩《やから》が出ただろうに、なぜ、車輪の噂は消えたんだ？」

というのも、そんなものが存在するなら、アシュレイの耳に入らないわけがないのに、これまで、彼は一度たりとも聞いたことがなかったからだ。

ダルトンが答える。

「君の言うとおりなんだが、霊廟に戻したはずの車輪は、その後、すぐに消えてしまい、それっきり見た者はいないらしい」

「消えた？」

「そう。戻したと言いつつ、執行部の誰かがこっそり持ち去ったか、あるいは、鍵の継承者がのちに持ち去ったのか、事実はわからないけれど、それで、いつしか、車輪のことは生徒たちの口にのぼらなくなり、時とともに忘れ去られてしまった」

説明し終わったダルトンが「実際」と付け足す。

「俺もずいぶんとあの霊廟には通わせてもらったが、そんな木製の車輪なんて、見たことがない。——君だって、そうだろう？」

「まあな」

認めたアシュレイが、底光りする青灰色の瞳でダルトンを見返して確認する。

「だが、今、このタイミングでその話を俺にするということは、あんたは、グリオンがなんらかの形でその消えた木製の車輪を掘りあて、その恩恵に浴しているのではないかと考えているんだな？」

「まあ、そうだ」

肩をすくめて応じたダルトンが、「だって」と質問で返す。

「それ以外に、考えられるか？」

「別に、ただ、本人が持っている運かもしれない」

「そうだけど、もし、俺の推理が正しければ、彼は、遠からず不幸な死を迎えることになるわけで、そうなる前に、彼に車輪を手放すよう勧告するべきだ」

「それは、どうかな」

勧告することについては懐疑的ではあったが、アシュレイはそれなりに興味を持ったようで、「とはいえ」と続けた。

「やはり同じヴィクトリア寮の生徒であることを考えると、偶然ですませるには引っかかるし、そもそもヴィクトリア寮の生徒に降りかかったことなら、うちの『寮長日誌』にはもっと詳しい経緯が書かれているはずだな」

それを聞き、ダルトンが、「ほら」と得意げに言う。

「俺の話を聞いてよかっただろう？」

それから、改めて部屋の中を見まわし、「そういえば」と話題を変える。

「卒業生の間では、この部屋のこともけっこう噂になっているけど、本当に見事になにもなくなったんだな」

ダルトンが言っているのは、もちろん、アシュレイの部屋に大量にあった稀覯本のことである。そのとんでもないコレクションについては、ダルトンが在学中から注目の的となっていて、誰もが総額にしたらどれほどの価値があるものかと推測し合っていたのだ。

ダルトンが、好奇心を抑えきれずに尋ねる。

「訊いてよければ、あの大量の本をどこにやったんだ？」

「そんなの、あんたに関係あるとは思えないし、あったとしても、教えるほど俺も不用心ではない。知るべき人間以外、知る必要のないことだ」

案の定、けんもほろろの答えを聞き、ダルトンは肩をすくめて泣き言を言う。

「まあ、そう言われるだろうとは思ったけど、それにしても身も蓋《ふた》もない言い方だな。本当に、上級生に対する態度とは思えないよ」

すると、アシュレイが底光りする青灰色の瞳を冷たく光らせて反論した。

「さっきから『上級生』『上級生』と偉そうに言っているようだが、あんたは俺にとって『元上級生』の一人に過ぎず、卒業した今となっちゃ、まったくの赤の他人だってことを忘れないでもらおうか」

つまり、馴《な》れ馴《な》れしくされるのはご免こうむると言いたいらしい。

どこまでも傲岸不遜な下級生に対し、ダルトンもいい加減頭にきたため、「まったくね」と言いながら、寄りかかっていたドアから身体を離した。

「アレックスから、卒業の条件として、君が残りの日数をここでおとなしくしていなければならないと聞いて、殺風景な部屋でつまらない三文小説なんか読んでいるようではあまりにかわいそうだと思い親切心で来てやったというのに、なんともはや、すっかり気分を害してしまった」

「それは、ご愁傷様なことで」

「ホントだよ」

「だったら、これに懲りて、他人に同情なんてするな」

「ああ、そうする」

ぷいっとそっぽを向くように反転したダルトンは、「しかたないから」と続ける。

「このあと、ユウリにじゃれついて癒《い》やされることにするさ。——ついでに、君がなにを言ってきても関わらないように忠告しておくから」

きっと、アシュレイがこの件でユウリを巻き込むと考えたダルトンは、そう言って機先を制すると、バタンと乱暴にドアを閉めて出ていった。

4

ダルトンがアシュレイの部屋を訪れていた頃、同じヴィクトリア寮の談話室では、レポートに飽きた監督生が集まり、他愛のない話に花を咲かせていた。

「ねえ、聞いた？」

「なにを」

「グリオンの快進撃」

「ああ、聞いたよ」

パスカルが答えると、近くで新聞を読んでいたウラジーミルが同調する。

「僕も聞いた。彼女ができて、成績がアップしたうえに、お菓子のオマケが当たったとかって。――それで、あいつ、ついに宝くじを買ったって？」

「そうなんだよ。おかげで、今、一部の生徒たちは、その宝くじが当たるかどうかで、賭《か》けをしているくらいでさ」

認めたルパートが、「ただね」と続ける。

「ここに来て、この幸運にはなにか裏があるのではないかという噂が出てきて……」

「裏？」

「うん」

うなずいたルパートが、説明する。

「言い出したのはウェリントン寮の生徒らしいけど、それによると、以前にもうちの寮で今と似たようなことが起こって、その時は、その幸運に浴していた生徒が、最終的に不運としか言いようのない事故で命を落としたんだって」

「命を落とした⁉」

「死んだってこと？」

「それは、聞き捨てならないな」

「だろう？」

答えたルパートが、「しかも」と続ける。

「彼には『不幸の車輪』がついてまわっていたとかなんとか、そんなような噂があったらしく」

「……『不幸の車輪』？」

ルパートが曖昧《あいまい》にしようとした点を、ウラジーミルがしっかり追及する。

「なんだ、その『不幸の車輪』って」

「……あ、やっぱり、そこ引っかかる？」

「当たり前だ」

「だよねえ」

残念そうに応じたルパートが、「僕も」と言い訳する。

「同じように思ったんだけど、その話をしていた生徒の情報が曖昧で、はっきりとしたことはわからずじまいなんだよ。――でも、すぐに突き止めるから」

このままでは「情報通の沽券《こけん》に関わる」とでも思っているらしいルパートがそう宣言するかたわら、奥の席に座っていたシモンがユウリのほうをチラッと見つつ、「まあ、それはそれとして」と確認した。

「つまり、ルパートの話を先取りすると、今、グリオンに起きていることは、過去にもあったことで、このままいくと、グリオンにも、以前と同じような不幸が降りかかるのではないかってこと?」

「そうそう」

パチンと打った手でシモンを示したルパートが、ホッとしたように応じる。

「その可能性がなきにしもあらずってことだよ。だから、ちょっと気にかけておいたほうがいいかもしれない」

「なるほどねえ」

ルパートの指摘に対し、シモンがもの思わしげな表情で考え込んだ。

それを見て意外そうな表情になったウラジーミルが、「まさか、シモン」と恐ろしげに尋ねる。

「こんな眉唾《まゆつば》っぽい噂を信じる気じゃないだろうな?」

「……そうだね」

重々しく応じたシモンが、「正直」と答える。

「僕もどうかとは思うけど、反面、今現在グリオンに起きていることには、少々興味を惹かれる」

「そうなのか?」

「うん」

それには、もちろん、グリオンを巡る一連の出来事が起きたタイミングが、ユウリがグリオンのことを気にしていた時期と一致していることが関係している。

あの時、ユウリは、理由もわからずにグリオンの身を案じていた。

となると、経験上、グリオンになにか危険が迫っている可能性がないとは言い切れなくなってくるのだ。

ただ、もちろん、それについて、ここで口にする気はない。

と、その時。

「ああ、やっぱりここにいたか、ベルジュ」

快活な声とともに、卒業生のダルトンが談話室に姿を現した。もともと洒脱な生徒であったが、大学生になり独自のファッションをするようになってからは、その洒脱さに磨きがかかり、男の色気すら醸し出している。

「ダルトン！」

驚いた生徒たちが、口々に久しぶりの再会を喜ぶ。

「どうも」

「お久しぶりです」

「やあ、テイラー、ルパート」

「お元気そうですね」

「ありがとう、パスカル。君もね」

軽く肩を叩《たた》いて応じたダルトンに、ウラジーミルが握手の手を差し出しながら問いかける。

「――それで、今日はどうなさったんですか？」

「ん～、ちょっと野暮用があったんだが、そっちはもうすんだので、帰る前にユウリの顔を見に寄った」

名指しされたユウリが、立ちあがって挨拶《あいさつ》する。

「こんにちは、ダルトン」

「やあ、ユウリ。――ああ、これ、差し入れ」

そう言って持っていた大きめの紙袋を差し出したダルトンが、受け取ろうとしたユウリの手を引いて抱き寄せる。

「ほら、そんな安全圏に引っ込んでいないで、久々なんだからハグくらいさせてくれてもいいだろう。——実は、今、ちょっと落ち込んでいてね、元気を分けてくれ」

ダルトンらしい親密さ満載の行動に対し、ユウリをダルトンの腕から引きはがすタイミングを計るように水色の目を細めたシモンの前で、軽くハグを返したユウリが意外そうにダルトンを見あげる。

「え、ダルトンでも落ち込んだりするんですか？」

「そりゃ、人間だから、落ち込むことくらいあるさ。悪意のある人間と接してしまったあとなんかは、特に」

すると、細めていた目を軽く見開いたシモンが、「もしかして」と尋ねる。その際、さりげなくユウリをダルトンから引きはがすが、それを失礼がない程度の強引さでスマートにこなすあたり、さすがは貴公子である。

「どこかで、アシュレイに会いました？」

「ああ、会ったよ。——でも、会わなきゃよかったと後悔しているところだ」

「でしょうね」

小さく苦笑したシモンが、同情的に告げる。

「まあ、『ご愁傷様です』とだけ言わせていただきますよ」

「その台詞、本人にも言われたばかりだけど、まったくもってその通りだよ」

認めたダルトンが、ユウリの鼻の頭を指して忠告する。

「それで言おうと思っていたんだが、ユウリ、アシュレイがなにを言ってきても、絶対に取り合わなくていいからな」

「え？」

キョトンとしてシモンと顔を見合わせたユウリが、ややあって訊き返す。

「アシュレイが、僕に？」

「ああ」

「なにか言う？」

「そうだ」

「それ、どういう意味ですか？」

「別に深い意味はないが、きっと、近々、彼が君になにか言ってくるはずだから、無視して放っておけと言っているんだよ」

「……はあ」

やはり、ピンと来ないユウリに対し、ふたたび水色の瞳を細めたシモンが、背後にある事情を察して小さく溜め息をつく。

どうやら、先ほど「会った」と言っていたのは、偶然ではなく、必然であったらしい。

つまり、ダルトンが最初に言っていた「野暮用」というのは、おそらくアシュレイに関わるもので、彼との話し合いの中で、なにかユウリを巻き込むようなやり取りがあったのだろう。

それで、慌てて警告に来たというわけだ。

となると、だ。

この先、万が一にもユウリが面倒事に巻き込まれた場合、その原因がアシュレイであったとしても、さらにその大本にはダルトンがいたことになるわけで、やはり、彼も、なかなかやっかいな人間であることに変わりはないと、改めて頭痛のするシモンだった。

第三章　転落の始まり

1

翌日の夕食時。

ヴィクトリア寮《ハウス》本館一階にある食堂に、ルパートの声が響いた。

「あ〜、疲れた。疲れた、疲れた、疲れたよ〜」

同時に、だらんと椅子《いす》に身体《からだ》を預けたルパートに対し、テーブルを囲む仲間たちから苦言が飛ぶ。

「なんだ、ルパート。だらしないな」

「下級生に示しがつかないだろう」

「それに、見てみろ。お前なんかよりよっぽどハードな立場にあるシモンなんか、相変わらず余裕綽々《よゆうしゃくしゃく》で後光すら差して見えるぞ」

奥の席で優雅にくつろいでいるシモンを示しての言葉に、当人が苦笑して言い返す。

「僕だって、決して『余裕綽々』なわけではないけどね。ただ、とりあえず、表面上はそう見えるように努力しているというだけで」

それに対し、みんなからは同情的な意見が寄せられた。

「やっぱ、大変なんだな」

「シモンが言うくらいだから、すごく大変なんだろ」

「ま、ある意味、全校生徒の未来は、シモン一人の肩にすべてかかっているようなもんだからなあ」

シモンとルパートは、日曜日であるにもかかわらず、今日は午後から生徒自治会執行部《スチューデントソサエティ》室で行われた会議に出席していた。

この時期、最上級生である上級第四学年《アッパーシックスフォーム》の生徒は大学受験のためにおおかた不在で、実務はすべて、下級第四学年《ロウアーシックスフォーム》から選出された三人の代表に任されている。つまり、シモンは実際の代表として仕事をこなしつつ、新しく来期から代表となるルパートと一級下のドナルド・セイヤーズに、仕事のやり方を指南する必要があるのだ。

それだけでも大変なのに、来期の生徒自治会執行部はシモンの提案でさまざまな改革が行われるため、すでに新しい代表たちの間では、何度も会議が行われ、夏休み明けに備えつつあった。

それでも、混迷は否めず、まさに「会議は踊る、されど」といった状態だ。

そんな中にあって、来期、総長になるわけでもないにもかかわらず、誰もがシモンのことを「陰の総長」になると見なし、彼の意見を待っているため、シモンとしては、真の総長となるオニールの気分を害さないよう気を遣いつつ、あれこれ指示を出す必要があった。それが、どれほどの精神的負担をシモンに強いているか、考えると恐ろしいものがある。

それだというのに、テイラーが気楽そうに告げた。

「そうだよな。俺なんて、生徒自治会執行部の仕事なんて、頼まれたって絶対にやりたくないし」

とたん、ルパートが「誰が」と文句を言う。

「お前なんかに頼むか」

「なんでだよ」

「そりゃ、ああいう場所はとてもデリケートで、なんでもかんでもタックルに持ち込めばいいと思っているような単細胞には不向きだから」

どうやら疲れが溜《た》まり過ぎて不機嫌になっているらしいルパートが、日頃の彼からは考えられない痛烈な嫌みを飛ばした。

テイラーが、猪首《いくび》を回してルパートを睨《にら》む。

「だ〜れが、単細胞だって？」

「それくらいわかるだろう。ここには一人しかいないんだから」

「なんだと」

テイラーが声を低くし、その場に一瞬不穏な空気が流れるが、その時、シモンの横で考え事をしながら黙々とご飯を食べていたユウリが、「——え、それって、もしかして」とのんびりとした声をあげた。

「僕のこと？」

どうやら、途中までほとんど話を聞いていなかったらしい。

そのためだろうが、顔をあげたユウリの前に、互いに身を乗り出して角を突き合わせるルパートとテイラーがいるのを見て、ポカンとした表情になる。

「あれ、そんなに顔を近づけて、二人ともどうかしたの？」

「——あ、いや」

「うん、まあな」

その場の空気がとんでもなくのどかになってしまったため、それ以上言い合いを続けるわけにもいかなくなった二人が、なんとも間の悪い思いをしながら、口々に言う。

「別に、なんでもない」

「そう。——ちなみに、にらめっこをしているわけでもない」

ルパートに至ってはそんな軽口を付け足しつつ、それぞれ身体を引いて座り直した。

それを見て、二人の無益な言い争いを止めようとしていたシモンが、感心したように言った。

「なるほど。まさに、君は『太陽』だね、ユウリ」

「へ？」

驚いたユウリがシモンを振り仰ぎ、困惑気味に主張する。

「なにを言っているんだか、シモン。太陽は、どう見てもシモンだよ。僕は、よくて月だから」

それは、太陽のように輝いているシモンの威光を受けて輝いているに過ぎないという謙《けん》遜《そん》であったが、シモンが「いやいや」と人差し指を振って主張する。

「僕は、今、間違いなく『北風』になろうとしていたからね。だけど、着こんでしまった重いコートは自分で脱ぐのが一番で、主体性が肝心だ。——ということで、やっぱり、君から学ぶべきことはたくさんあるようだ」

どうやら、見た目の華やかさなどではなく、著名な童話『北風と太陽』を念頭に置いての言葉だったらしい。

ウラジーミルが、「たしかに」と認める。

「今のは、ユウリにしかできない鎮圧方法だった」

「本当だよ。――あんがい、ユウリって、こじれた案件の調停役なんかに向いているのかもしれないね」

パスカルも感心したように言う。

「そんなこともないと思うけど」

ユウリが否定していると、突然、すぐ近くのテーブルで「わっ」と大きなどよめきが起きた。

「うっそ！」

「すげえじゃん！」

「マジか！」

「やっぱ、当たる時は当たるんだな！」

見れば、ユウリたちと同じ下級第四学年の生徒たちが、一つのテーブルを囲んでかなり大きな集団を形成し、騒いでいた。

すぐに、テイラーの怒声が飛ぶ。

「お前ら、うるせえぞ」

だが、興奮した彼らの耳には届かず、眉《まゆ》をひそめたシモンが、座ったまま冷徹にたしなめた。

「君たち、場所をわきまえたらどうだい？」

甘く響く貴族的な声。

だが、同時にまっすぐに人の耳に届く強さも持っている。

そこで、ようやく警告に気づいた生徒たちが、互いに隣の生徒の脇《わき》を突《つつ》いて注意をうながした。

「おい、やばいって」

「静かにしろ」

「しいい」

そんな声に混じり、一人がシモンに向かって説明した。

「悪かった、ベルジュ。――でも、あまりの衝撃に、みんな興奮しちゃって」

それに対し、興味を惹《ひ》かれた様子のルパートが訊《き》き返《かえ》す。

「だったら、なにが、そんなに衝撃だったわけ?」

「いや、それがさ」

相手は、騒動の中心にいるらしい人物にチラッと視線を流して言《い》い淀《よど》む。それにつられて視線を動かせば、そこには、例の「ラッキーボーイ」として注目を集めつつあるグリオンの姿があった。

そこで、ルパートが訊く。

「あ、もしかして、グリオンに、またなにかあった?」

「そうなんだよ」

うなずいた相手が、「な、グリオン？」と話を振ると、まだなかば呆然《ぼうぜん》とした様子のグリオンが、「ああ」とうなずいて応じる。

「なんか、なんかなんだけど、この前、冗談のつもりで買った宝くじが大当たりしたみたいで……」

「――宝くじが？」

「大当たりって」

そこで、監督生も顔を見合わせ、若干浮ついた声になる。

「すごいじゃないか」

「当たったって、いくら？」

言われた金額はなかなかの高額で、億万長者とまではいかないが、学生が手にするには多すぎる。

当然、誰もが羨《うらや》む表情ではあるし、興奮はしているのだが、時間が経《た》つにつれ、そこに若干の不安感や恐れのようなものが忍び込んでくる。おそらく、すでにおおかたの生徒に、過去の事例が知れわたっているせいだろう。

幸運の歯車が回ったあとに訪れる、致命的不運。

この瞬間、当たりくじの陰に、誰もが凶兆の足音を聞いていたのかもしれない。

その不吉な予感を払うようにルパートが言う。

「……ホント、よかったじゃないか」

「最高だな」

テイラーもそれに続き、最後に堅実なパスカルが言う。

「よけいなことだとは思うけど、グリオン、浮かれて使い過ぎてしまわないように、将来の自分に向けた信託にでもしたらいいよ」

「……ああ、そうだね。そうしようかな」

言われていることにただうなずいているだけのグリオンが、内容を理解しているとは思えなかったが、「さもあらん」と言ったところだろう。彼自身、この僥倖《ぎょうこう》を喜んでいいのか、それとも、不安に思うべきなのか決め兼ねているに違いない。

いくら、お金があったとしても、命あっての物種だし、お金を手にすることで不幸になるくらいなら、いっそないほうがいい。

その想《おも》いを込めてだろうが、グリオンが騒ぎの最中で呟《つぶや》いた。

「……だけど、本当に、僕はどうしてしまったんだろう?」

そんなグリオンのことを、一人おとなしく見つめていたユウリは、彼の背後でカラカラと回っている車輪のことが気になった。

もちろん、現実に見えているわけではない。

ただ、先日、ルパートから聞いた「不幸の車輪」の話が影響しているのか、見えないものを見通すユウリの目には、グリオンの向こうに、たしかに車輪のようなものが回っている幻影がちらついた。

（……あれは、なんだろう？）

ユウリは思うが、その正体は不明だ。

もしかして、グリオンは本当に「不幸の車輪」を手に入れたのか。――だとしたら、その車輪がなんであるか、ユウリは知りたいと思う。

その後、当たりくじを寮に置いておくのはよくないということで、いったん、学校の金庫に入れられるようにシモンが手配し、興奮と不安を引きずったまま、ヴィクトリア寮の夜は静かに更けていった。

2

その夜。

ヴィクトリア寮本館最上階にある部屋で寝ていたユウリは、「見て当然」とも言える夢を見た。

それは、こんな夢である。


宙で、木製の車輪が回っている。

大きな車輪だ。

中心には軸がついていて、そこからキラキラと輝く透明な糸が伸びている。

糸の先がどうなっているかは見えなかったが、車輪が回るたびに糸が繰り出されているのは、ユウリのところからでもはっきりと見て取ることができた。

どうやら、車輪は、糸巻き棒を回すためのものであるらしい。

では、その糸巻き棒は、誰のためにあるのか。

そして、車輪を回しているのは、誰なのか。

ユウリは、それが知りたくて、夢の中で歩きまわる。

だが、歩いても、歩いても、なにも見つからず、ついには途方に暮れてしまう。

彼は、なにをしたらいいのか。

この車輪を止めるべきなのか。

それとも、いっそ糸を切ってしまうべきか。

なにも、わからない。

ヒントすらない。

それで困っていると、ふいにガタンと音がして、それまで軽快に回っていた車輪が外れるのがわかった。

軸から落ちて、宙を転がる。

ゴロン。

ゴロンと、
転がって、転がって、どこまでも転がって落ちていく。

慌てて追いかけ始めたユウリに対し、背後から誰かが言った。


――無駄なことよ。

――そうそう。一度回り始めた運命は、誰であろうと止められない。

――車輪に従い、ただ運命を受け入れる。

——ただ、問題は、どこで車輪が回っているか、だ。

——そうだな。

——それによっては、まだ間に合う。

——本物の車輪に戻せるかもしれない。

——よく見て、よく聞くことだな。救済者よ。

——どんなところにも、希望は見つかる。


転がる車輪を追いかけているユウリには、振り返って声の主を確認する余裕はなかったが、声質が変わることから、相手が二人ないし三人であることが知れる。

(どこで、車輪が回っているか……)

走りながら考え、考えながら走るうちに、ユウリはふいに足がもつれて、夢の中で派手に転んだ。

同時に夢から目覚めたユウリは、ベッドの上で起きあがった瞬間に決めていた。

(そうだ。絶対に、今日のうちにグリオンと話さないと——)

そうしなければならないと、なぜかユウリは確信していた。

だが、首を巡らせて見れば、窓の外はまだ暗く、当分起きる時間になりそうにはなかったため、ユウリはふたたび横になると、ゆっくり目を閉じた。

3

翌日。

ユウリは、午後遅くに、新館にあるグリオンの部屋を訪れた。

その日は朝からスポーツ・イベントが行われていたため、学校全体がどこか気持ちのいい倦怠感《けんたいかん》に包み込まれている。

学年末試験のあとは、夏休みまでこうした学校主催のイベントが目白押しで、今日と明日がスポーツ・イベント、明後日《あさって》からは、文化学習の一環で、近隣の遺跡巡りや美術館巡りなどが控えている。

中からの応《いら》えを受けてドアを開けたユウリのことを、グリオンは驚いた顔で迎えた。

「──あれ、フォーダム⁉」

「やあ、グリオン。今、ちょっといいかな？」

「もちろん」

言ったあとで、慌てて付け足す。

「散らかっているけど」

「そんなことないよ」

狭い部屋であれば、ベッドの上にも雑誌やお菓子の袋などが散乱し、たしかに決してきれいとは言い難《がた》いが、十代の青年の部屋など、えてしてこんなものである。

そこで、ドアを背にして立ったユウリの目が、真っ先に机の上に置いてあるケージへと向けられた。そのケージの中には、小屋としても使えそうな変わった回し車があり、それが時おりカタカタと回っている。

中に、なにかがいるのは間違いない。

順当に考えたら、ハムスターだろう。

煙《けぶ》るような漆黒の瞳を翳《かげ》らせたユウリに対し、グリオンが戸惑った様子で言う。

「それにしても、珍しいな。フォーダムがここに来るなんて」

「そうだね。突然押しかけてごめん」

「それはいいんだけど、でも、なんで？」

ケージからグリオンに視線を移したユウリが言う。

「ちょっと、君のことが気になったものだから」

とたん、グリオンが眉をひそめて訝《いぶか》しげに訊き返した。

「まさか、フォーダムまで金の使い道を訊きに来たとか？」

「お金？」

一瞬、なんのことかわからなかったユウリがキョトンとし、すぐに「ああ、そうか」と苦笑する。

「そういえば、宝くじが当たったんだっけ？」

「そうだけど、そのことで来たんじゃないのか？」

どうやら、昨日以来、彼のところには賞金の使い道についてあれこれ探りを入れに来る生徒が大勢いるらしい。

おそらく、中には、堂々と金の無心をするような人間もいるのだろう。

警戒心をいだいた様子のグリオンに対し、ユウリはきっぱり否定する。

「違う。そうではなく、君に訊きたいことがあって来たんだ」

「訊きたいこと？」

「うん」

そこで、チラッとふたたびケージのほうに視線をやったユウリが、「もっとも」と溜《た》め息《いき》交じりに付け足した。

「もうその必要はなくなった気もするけど、いちおう訊くと、グリオン、君、最近なにか拾わなかった？」

「なにかって、たとえば？」

「たとえば、そうだな、なにかの車輪とか」

それに対し、ユウリの目を見つめ返したグリオンが、表情を強張《こわば》らせながら低い声音で告げた。

「――なるほど、そっちか」

「そっち？」

「ああ」

うなずいたグリオンが、どこか蔑《さげす》むように続ける。

「そんな罪のなさそうな顔しているくせに、フォーダムも、俺の幸運は、『不幸の車輪』がもたらしたオマケだと思っているんだろう。――それでもって、もうすぐ、僕に不幸が押し寄せると」

「あ、えっと」

若干ニュアンスは違うものの、当たらずとも遠からずであったユウリは、今度はきっぱり否定できずに誤魔化した。

「別に、不幸が訪れるとは思っていないし、もし訪れるにしても、不幸になる前になんとかできたらと考えている」

「つまり、やっぱり不幸になると思っているんじゃないか」

責めるように言われ、ユウリは小さく首を横に振る。

「そんなことは思っていないって。――だから、教えてほしいんだけど、本当に車輪のようなものは拾っていないんだね？」

「拾ってないよ」

「それなら、あの回し車の中にいるのは？」

ユウリが視線を移動させながら尋ねると、つられて視線をやったグリオンが答えた。

「ハムスターだよ。前から飼っている」

「へえ」

興味を惹かれたように相槌《あいづち》を打ったユウリが、「あれって」と続けた。

「変わった回し車だよね」

「ああ」

「手作り？」

「そう。俺のじいさんのだけど――。イチイの木でできているんだ」

「ふうん」

目の前で回り始めた回し車を見つめつつ、ユウリが口中で呟く。

「……これかな」

「え、なに？」

声は聞こえたが聞き取れなかったらしいグリオンが訊き返すが、ユウリは同じことは言わずに、尋ねた。

「近くで見ても構わない？」

「いいけど」

そこでユウリはケージに近づき、クルクル回る回し車を覗《のぞ》き込《こ》む。

木製の車輪に挟まれた丸太の連なりの内側には、丸太の一部を削って開けた穴から入ることができ、覗くのも、その穴からだった。

最初はクルクル回っていてよく見えなかったが、しばらくすると、一度動きが止まったので、その隙《すき》に中を見ることができた。

そこにいたのは——。

（ああ、やっぱり……）

ユウリは、思う。

案の定、運命のねじれのようなものはここから始まったようであるが、かといって、ユウリに全容が見えているわけではない。

そもそも、これの正体がなんであるかということすら、ユウリにはわからないのだ。

わかるのは、ただ一つ。

回し車の中にいるのは、ユウリのよく見知っている「ハムスター」ではないということだけである。

ユウリが尋ねる。

「ねえ、グリオン、君、最近これと遊んだ？」

「いいや」

否定したグリオンが、言い訳するように付け足した。

「ほら、ここのところ試験勉強で忙しかったし、そいつも、ずっとその中にいて出てこないから、放ってある。――まあ、エサは食べているし水も飲んでいるから、問題はないはずだよ」

「……そうだね」

ユウリは、素直に受け入れる。

だが、おそらく、グリオンは本能的にこれと接触するのを避けているはずだ。

それが、彼の自己防衛本能のなせる業か、それともあちら側が寄せつけないようにしているのかはわからないが、あんがい、後者である可能性も高そうだ。

なんにせよ、見てしまった以上、このままにしておくわけにもいかず、礼を述べてグリオンの部屋を辞したユウリは、その足で本館最上階にあるシモンの部屋のドアをノックした。

「どうぞ」

甘く響く貴族的な声で応えがあり、ユウリが顔を覗かせると、ソファーにゆったりと腰かけてレポートを書いていたシモンが、意外そうにユウリを見つめた。

「あれ、ユウリ？」

「シモン。――ごめん、レポートの邪魔をして」

「構わないよ」

広げた本や紙類を脇によけたシモンが、立ちあがりながら言う。

「むしろ、君の部屋を覗いたらもぬけの殻だったから、戻るまで時間潰《つぶ》しにレポートをやっていただけなんだ」

それから、サイドテーブルの前に移動して、訊く。

「コーヒー、紅茶、どっちにする？」

だが、ユウリはそれには答えず、シモンのところまで歩いていくと、その腕に手をかけて主張する。

「それより、シモン、ちょっとお願いがあるんだけど」

「……へえ、珍しい」

茶化すように言いつつ、ユウリの様子にただならぬものを感じ取ったらしいシモンが、ポットを持ちあげていた手を下ろして尋ねる。

「それで、僕になにをしろって？」

4

「なるほどねえ」

ユウリと連れだって夕暮れ時の図書館に向かいながら、シモンは納得する。道々、ユウリがグリオンの部屋で体験した話を聞いたことへの返答だ。

「つまり、グリオンは、そうとは知らずになにかおかしなものを抱え込んでしまっているわけか」

「うん」

答えたユウリが、暮れなずむ道の先に見えてきた立派な建物に目をやった。

グリオンの身に起きていることを明確にするためにも、ユウリは、過去にヴィクトリア寮の生徒に起きたという事例のことを、もっと詳しく知る必要があると思い、シモンにそのことを打ち明けたのだ。

というのも、それを知る一番の方法は、過去の「寮長日誌」を読むことだからだ。

最初は難色を示したシモンであったが、グリオンに起きていることは、やはりただの「ラッキー」ですませるにはあまりにも都合がよすぎる気がしていたので、結局、懇願に押される形で行動に移すことにした。

ただし、もちろんシモンも一緒に行くのが条件だ。

それは秘密保持という観点からではなく、あくまでもユウリの身の安全を確保するという意味合いにおいてである。

そもそも、シモンは、「寮長日誌」を秘密にしておく意味がわからない。

本来公的要素の強い「日誌」は、広く公開してこそ価値があるはずなのに、下手に秘密にしたりするから、誰にも読まれず、結果、埃《ほこり》をかぶることになる。

上手に活用すれば、制度改革などにも役立ちそうなのに、秘密結社的なこの手のやり口が、進歩の妨げとなっているのだろう。

人は、「特権」が大好きだ。

「特権」を得ることで、自分が他者より偉くなったように感じられ、優越感に浸れるからだろう。

シモンにしてみれば、バカバカしい限りである。

図書館に着いた彼らは、受付カウンターを通って先へと進む。

歴代の「寮長日誌」が保管されている部屋は、ユウリなどは途中で迷子になってしまいそうなくらい奥まったところにあり、鍵《かぎ》を開けて中に入るとかび臭さが漂った。

だが、部屋に入ったユウリとシモンがなにより驚いたのは、そこに先客がいたことだった。

ガラス扉つきの書棚が並ぶ狭い部屋には、閲覧用のデスクと椅子、それと一人掛けソファーが置いてあるのだが、ユウリとシモンが入っていった時、その一人掛けソファーに座って「日誌」を読んでいる生徒がいた。

長身痩軀《そうく》。

長めの青黒髪を首の後ろで結わえ、着崩した制服姿で足を組む姿は、どこか傲岸不遜《ごうがんふそん》で高飛車な感じがする。

「アシュレイ⁉」

驚いて名前を呼んだユウリに対し、アシュレイは底光りする青灰色の瞳《ひとみ》でチラッと二人の姿を見比べてから、なんともつまらなそうに言った。

「ずいぶんと遅かったな」

眉をひそめたシモンが、すぐさま応えて言う。

「貴方《あなた》と、ここで待ち合わせをした覚えはありませんが？」

「それでも、ダルトンから話は聞いたんだろう？」

「いいえ」

否定したシモンが、「ダルトンからは」と教える。

「貴方がなにを言ってきても相手にするなと警告されただけですよ。――もちろん、もっともだと思ったので、それ以上のことは訊きませんでしたし」

「なるほど」

冷ややかな水色の瞳を見返して、アシュレイが険呑《けんのん》に応じる。

「フランスのお貴族サマには、探究心も知的好奇心も欠けているってことか」

「それは、時と場合によりますよ。――少なくとも、今は持ち合わせていませんね」

「へえ」

おもしろそうに受けたアシュレイが、鋭いところをついてくる。

「だが、だとしたら変だな。お前たちは、ここになにしに来た？」

「ちょっとした調べ物ですよ」

淡々と応じたシモンが、「そういう、アシュレイこそ」と訊き返す。

「なんの権利があって、この禁域に勝手に入り込んでいるんです？」

「――禁域」

皮肉げにその言葉を繰り返したアシュレイが、今しがた、シモンが考えていたのと同じようなことを口にする。

「こんなもんを秘密にする意味がわからないが、まあ、俺にとっては、この程度の鍵ならないも同然だ。――それで、勝手に調べさせてもらっている」

膝《ひざ》に載せた「日誌」を指しての言葉に、シモンが小さく肩をすくめる。

「ダルトンの件ですね。――まあ、見逃すので、ご自由にどうぞ。その代わり、こっちはこっちで勝手にやりますから、口を出さないでください」

宣言したシモンが、ユウリをうながし、自分たちに必要な「日誌」を探そうと書棚のガラス扉に手をかける。

すると、背後のアシュレイが「そう言うからには黙っていてやってもいいが」と意地悪い口調で教えた。

「親切心から教えてやると、もし、お前たちが、エイブ・グリオンと似たような経験をしたという過去の事例について調べに来たのなら、ここにあるのがそうだ」

シモンが、背中を向けたまま、一度大きな溜め息をつく。どうやら、アシュレイの目的と彼らの目的は、完全に一致しているらしい。

そのことを確認するため、覚悟を決めて振り返り、シモンは迷惑そうに訊いた。

「つまり、ダルトンの用件は、グリオンに関することだったんですね？」

「そうだ。——まあ、もう少し詳細に言うと、グリオンというか、グリオンから想起される過去の事例についてだが」

とっさにユウリが訊き返す。

「それって、『不幸の車輪』のことですか？」

「『不幸の車輪』？」

だが、さすがにそっちのあやふやな世間話のことまでは知らなかったらしいアシュレイが、「なんだそりゃ」と言ってすぐに否定する。

「いや、そんなマヌケな名前ではなく、単なる木製の車輪のことだが、考えてみれば、最終的に不幸がもたらされるのであれば、『不幸の車輪』と言えなくもないか」

「……木製の車輪」

明らかにそのものに覚えのあるようなユウリの反応を見て、アシュレイが楽しそうに「その顔だと」と推測する。

「お前は、すでになにか知っているようだな、ユウリ」

名前を呼ばれたユウリが、わずかに動揺を見せる。その手が無意識に胸元に伸びて服の上から押さえつけたのは、そこに、アシュレイからもらった鍵の存在を意識してというより、むしろ鍵の存在がないことを意識したためだった。

アシュレイからは肌身離さず持つように言われていたが、ここのところ、寝ている時に邪魔だからと外してしまい、そのまま、うっかり金庫にしまった状態で一日を過ごすことが増えていた。

とっさにその事実を知られてはまずいと思ったのだが、なんとなく、アシュレイはそれくらい百も承知である気がしてきた。ここで、鍵の存在についていっさいほのめかさないことからも、その可能性は高いと言えそうだ。

ユウリが、まごつきながら答える。

「……あの、えっと、知っているというより、夢に出てきただけですけど」

「夢？」

アシュレイが訊く。

「どんな？」

「車輪が回っている夢です。――あと、声とか」

夢の内容をぼんやりと思い出したユウリが、「たしか」と続ける。

「『問題は、どこで車輪が回っているか』とかなんとか言っていて、それによっては、まだ間に合うかもしれないというようなことを話していました」

「誰が？」

ストレートな問いかけに対し、ユウリもストレートに答える。

「誰か、が」

とたん、ジロッと睨まれる。

「バカにしているのか？」

「まさか、していません」

慌てて顔の前で手を振ったユウリが、「残念ながら」と教えた。

「顔は見えなかったんです。――ただ、声だけが聞こえて」

そこで、シモンが二人の会話に割って入る。

「それなら、アシュレイ、貴方がダルトンから聞いた話というのは、どういうものだったんです？」

ユウリからシモンに視線を移したアシュレイが、面倒くさそうに答える。

「だから、過去の事例についてだと言っているだろう」

それから、かつてヴィクトリア寮の生徒が霊廟《モーソリアム》で拾ったという木製の車輪のことや、それを手にして以来、彼に降って湧いた幸運な出来事や、その後の不幸な結末、そして、その木製の車輪がいつしか消え去ったことなどを、手短に話して聞かせる。

話し終わったところで、シモンとユウリが顔を見合わせて納得した。

「なるほど。――だから、『不幸の車輪』なんだ」

「そうだね」

うなずいたシモンが、「ですが」とアシュレイに向かって尋ねる。

「となると、その車輪は、いったいどうなったんでしょう？」

すると、なにを思ったか、アシュレイが手にした「日誌」を放り投げ、とっさにキャッチしたシモンに対し、「もし」と告げた。

「その車輪が自然法則に反して自動消滅したのでなければ、その行方について、『ケルト文化復興協会』の面々が詳しく知っているかもしれない」

「――『ケルト文化復興協会』？」

胡散臭《うさんくさ》そうに繰り返すシモンに、アシュレイが「ああ」とうなずいて続ける。

「というのも、当時のヴィクトリア寮の寮長によれば、後日、『ケルト文化復興協会』から調査という名目で人がやってきて、その際、霊廟にあった車輪を持ち去ったということらしいから」

「へえ」

該当箇所を探し出し、自分でも目を通したシモンが、「なるほどねえ」と納得する。

「『ケルト文化復興協会』か。――だとすると、その木製の車輪の行方について、現代に生きるドルイド神官であるマクケヒトに頼めば、なにかわかるかもしれないっていうことですね？」

「そういうこったな」

そこで彼らは、この学校の校医であるディアン・マクケヒトに会うために、隣の建物にある医務室へと向かった。

5

「木製の車輪か……」

医務室に併設するサンルームにいたマクケヒトは、突然やってきた彼らに、その場で摘み取ったハーブティーを振る舞いながら、呟いた。

青紫色の瞳。

背中で緩く三つ編みにした銀色の髪。

どことなく神秘的な雰囲気を持つ彼は、十九世紀に復興したドルイド教の一派、「ドルイド連盟」に所属するドルイド神官で、医師であるかたわら、失われたケルト文明の研究もしている。

そんな彼は、「ケルト文化復興協会」にも顔が利き、おそらく内部資料にアクセスすることも可能だった。

ユウリたちから話を聞いたマクケヒトが、考え込みながら言った。

「その当時、僕はまだ子どもだったから、その話自体は知らないけど、木製の車輪については、心当たりがないわけではない」

透明なポットの中で揺れる青々としたハーブを見つめながら、彼は続けた。

「話を聞く限り、たぶん『ドルイドの車輪』と呼ばれるものだろう」

「『ドルイドの車輪』？」

初めて聞いたシモンが、「それは」と訊き返す。

「どういった類《たぐ》いのものですか？」

いつもならペラペラと知識を披露するアシュレイが黙っているところをみると、彼もそれについては初耳なのだろう。

マクケヒトが、苦笑して応じる。

「実は、僕も詳しくは知らないんだ。——遠い昔に失われた知識の一つで、墓場に生えるイチイの木で作られるというのはわかっていて、我々の間ではおそらく占術に使われたものではないかと考えられている」

「……イチイ」

「……占術」

ユウリとシモンがそれぞれ呟き、顔をあげたシモンが「つまり」と確認する。

「個人や集団の未来を占うために使われたと？」

「そうだね」

認めたマクケヒトが、「ただ」と付け足した。

「もしかしたら、それ以上の力もあったのかもしれない」

「それ以上の力？」

「そう」

そこで、わずかな躊躇《ためら》いを見せたマクケヒトに代わり、アシュレイがここぞとばかりに口をはさんだ。

「予見だけではすまさず、運命に介入する力も備えていたということか」

マクケヒトが青紫色の瞳でアシュレイを睨み、シモンとユウリが顔を見合わせる。

シモンが問う。

「運命に介入するということは、誰かの未来を変えられるということですか？」

「ああ」

うなずいたアシュレイが、人差し指をあげて説明する。

「特に驚くようなことでもあるまい。ギリシャの昔から、人の運命は、糸車を回す女神たちによって織られる模様だと考えられてきたんだ。――それは、ケルト人も同じで、彼らの場合、天上界の運命ですら、ケルトの太母《たいぼ》女神と考えられるアリアンロッドの車輪が回ることで動かされると考えられてきた」

「アリアンロッドの車輪……」

その言葉には聞き覚えのあったシモンが納得し、「となると」と告げる。

「『ドルイドの車輪』には、呪詛《じゅそ》の力が働く可能性もあるということですね？」

「まあ、そう考えてもらって差し支えないと思うよ」

しぶしぶ認めたマクケヒトが、ハーブティーを前にして「でも、そうか」と考え込む。

「もし、なんらかの事情でいったんは回収された『ドルイドの車輪』が外に出て、グリオンの手に渡るかなにかで、彼に悪い影響を及ぼしているのだとしたら大変だ」

「そうですね」

認めたシモンが、「できれば、早急に」と要求する。

「その『ドルイドの車輪』のある場所を突き止め、どういう状態にあるかを確認していただけるとありがたいです」

マクケヒトが、それに応じる。

「わかった。僕にできる範囲で調べてみることにするよ」

第四章　フォルトゥナの車輪

1

翌日。

昨日に引き続き、セント・ラファエロではスポーツ・イベントが行われ、乗馬を選択していたユウリとシモンは、学校から車で十分ほどのところにある馬場へと来ていた。

他《ほか》に、アスレチックやゴルフ、クロスボウなど、今日の種目は学校ではできないものばかりで、生徒たちはみな、選択した競技のできる場所までバスで移動することになっている。

朝から快晴で雲一つなく、運動するとかなり汗をかくような気候であった。

それでも、花の香りが漂う田舎道を馬で散歩するのは楽しく、ユウリとシモンは時間を忘れて楽しんだ。

ちなみに、ユウリもいちおう乗馬はできるが、家に馬場があり、小さい頃から馬に乗り慣れているシモンにかなうわけもなく、どうしても遅れがちになってしまう。

シモンは、そのたびに立ちどまり、ユウリが追いついてくるのを待ってくれた。

「先に行っていいのに」

ユウリが言うと、シモンは笑って「大丈夫」と答える。

「あとでユウリが休憩している時にでも、少し走らせるから」

馬の首を撫《な》でながら話すシモンは、本当に王子様のように優雅で、同性であるにもかかわらず、ユウリはつい見惚《みと》れてしまう。

いったい、どうしたら、ここまで完璧《かんぺき》な美ができあがるのか。

その後、馬の水飲み場となっている人工池まで降りていったユウリたちは、そこで一度馬をおり、彼らを休ませながら他愛ないおしゃべりをする。

馬場には、他にも大勢の生徒たちがいて、ユウリたちのように好き勝手に散歩しているグループと、指導員に先導されて縦列状態で動いているグループに分かれていた。

「さて、そろそろ行く？」

シモンに問われ、「そうだね」と応じたユウリが馬の手綱を持とうとした時だ。

ふいに、上のほうで悲鳴が響きわたった。

なにごとかと思って見あげると、それまで縦列状態で馬を歩かせていた一団が崩れ、そのうちの一頭が、生徒を乗せたまま暴走する光景が目に入る。

「わあああ、助けて！」

馬の首に必死でつかまっているのは、グリオンだ。

「誰か！」

「大変！」

「止めて‼」

道のほうでは、そんな叫び声が響いていた。

当然、指導員が慌ててあとを追おうとするが、グリオンを乗せた馬は、道を外れ、人工池に向かう傾斜を駆け下りているため、簡単には追いつけない。

下手をすれば、横倒しになり、馬もろとも池に落ちてしまうだろう。

だが、急がないと、グリオンが危ない。

「シモン」

「わかっている」

危険を察知したシモンが、馬の手綱に手をかけてひらりと飛び乗ると、慣れた手つきで方向転換する。

無理を強いられた馬のいななきが、あたりに響く。

それを上手に乗りこなし、シモンは馬の尻《しり》に鞭《むち》を入れた。

「ここにいて、ユウリ」

言うなり、馬と一体となっているような身軽さで走り出し、道なき道を、グリオンを乗せた暴走馬のほうへと向かっていく。

だが、正面からぶつかっていくわけにもいかないため、足場の悪い斜面で、一度背後に回って方向転換したシモンが、今度は後ろから追いかける。その身ごなしは、こんな時であるにもかかわらず、溜《た》め息《いき》が出るほど洗練されていた。

シモンのあとを、指導員が追う。

ハラハラしながら追跡の様子を見ていたユウリは、グリオンの乗った馬がすぐ近くまで来たのを見て、ハッとする。

馬の鼻先に、なにかがいた。

黒くて小さな生き物だ。

しかも、二匹。

それらが、馬の鼻づらの上で飛びまわり、なにやらけしかけているようだ。

とっさに駆けだしたユウリは、なにも考えずに暴走する馬の正面に飛び出し、その行く手を遮るように立《た》ち塞《ふさ》がった。

「ユウリ！」

シモンの悲鳴に近い声が聞こえたが、今は、構ってなどいられない。

なんとしても止めないと、馬はグリオンを乗せたまま人工池に飛び込むだろう。

ユウリは、馬のほうを見つめながら念じる。

（止まれ）

（止まれ）

（止まれ）

（あとで話を聞くから、止まって――）

だが、馬は止まらず、ユウリの眼前に迫る。

（止まれ）

（頼むから、止まって）

と――。

ふいにガクンと止まった馬が、自分の動きに驚いたように大きく前脚をあげていなないた。

ほぼ垂直になった身体《からだ》から、グリオンが投げ出され草の上を転がる。その際、ボキッと嫌な音がしたので、どこか骨が折れたのは間違いない。

だが、危険はまだ去ってはおらず、今度は、振り上げた馬の前脚が、ユウリの頭上に落ちようとしていた。

そこまで考えていなかったユウリは、ただただ茫然《ぼうぜん》と立ち尽くす。

あわや、ユウリが前脚で蹴《け》られようかという時だ。

「ユウリ――」

すぐそばで馬から飛び降りたシモンが、暴走していた馬の手綱を摑《つか》んで引き、間一髪のところで、ユウリの上から前脚を逸《そ》らした。

そのまま手綱を離さず、暴れる馬をなだめ続ける。

その頃までに追いついてきた指導員が、一緒になって馬を落ち着かせた。

ユウリは、それを尻目に、グリオンに駆け寄る。

「グリオン！」

転がったままの身体にすがりつき、必死で名前を呼ぶ。

「グリオン、大丈夫？」

それに対し、馬と対峙《たいじ》しているシモンが、こちらを見ずに叫んだ。

「ユウリ。頭を打っているといけないから、あまり動かすんじゃない！」

「うん、わかっている！」

叫び返したユウリは、グリオンの身体を揺すらないように気をつけながら、あちこち点検する。

幸い、血を流すような大きな外傷はないようで、まずはそのことにホッとした。

すると、意識を取り戻したらしいグリオンが、身じろぎし、すぐに顔をしかめてうなった。

「いてえ」

ユウリが、その顔に手をかけながら言う。

「グリオン、落馬したから、あまり動かないほうがいい。もうすぐ、救急車も来るはずだから」

その言葉どおり、ほどなくして救急車のサイレン音が響いてくる。

すでに暴走した馬も落ち着きを取り戻し、今は、指導員の手で厩舎《きゅうしゃ》のほうに連れ戻されるところだった。

その際、指導員はしきりに首を傾《かし》げていた。

「ふだんはとてもおとなしい馬なのに、いったいなにがあったのか……」

もちろん、考えたところで原因は特定できず、運悪く、蜂《はち》かなにかが耳に入ったのではないかというところで落ち着くはずだ。少なくとも、セント・ラファエロのほとんどの生徒たちは、「運悪く」というところに、いたく納得するだろう。

だが、「運悪く」とも、グリオンは命を落とすことはなかった。

そのことに、今は感謝すべきである。

ところが、救急車で運ばれるグリオンを見送ったあと、ホッと胸を撫でおろしていたユウリに対し、シモンが険しい声で言った。

「ちょっといいかな、ユウリ」

「なに、シモン？」

実は、先ほどからなぜか極端に口数が少なくなっていたシモンであったが、人目につかないところまでユウリを連れていくと、そこで彼は、バンッと木の幹を叩《たた》き、突然怒りを爆発させた。

「いったい、なにを考えているんだ、ユウリ！」

驚いたユウリは、シモンの深い怒りに触れて、その場で凍りつく。

「――え、なにが」

ようやくそれだけ口にしたユウリを、シモンが水色の瞳《ひとみ》で睨《にら》んで続ける。

「なにがじゃない。あんな、無謀な――」

そこで、いったん口を閉ざし、シモンは、少しだけ声の調子を落として言う。

「僕は、あの時、『ここにいて』と言ったはずだよ、ユウリ」

どうやら、シモンは先ほどの馬の暴走について話しているらしい。もっと言ってしまえば、その時のユウリの行動について、とても怒っている。

「それなのに、君は、僕の言うことを聞かず、無謀にも暴走する馬の前に飛び出した。あれが、どんなに危険なことか、君、わかっている？」

「……えっと」

ユウリは、返答に困る。

なにより、これほど怒ったシモンを見るのは初めてで、それだけでも身体が震え出しそうだった。

いや、もうとっくに震えている。

「たぶん、わかっていなかった。――というか、言われたらわかるけど、あの時は、そんなことまで考えられなくて」

とたん、シモンがピシャリと言う。

「考えるべきだ！」

ビクッと身体を揺らしたユウリを見おろし、シモンは、今度はどこか悲しげに「とにかく」と付け足した。

「頼むから、二度と、あんな馬鹿《ばか》な真似《まね》はしないでほしい」

それからクルリと踵《きびす》を返し、バスの停《と》まっている駐車場へと歩き去る。小さく震えながら佇《たたず》むユウリを、その場に残して――。

2

(……どうしよう)

ユウリは、自分の部屋のベッドの上に座り込み、どっぷりと落ち込んでいた。壁に寄りかかって体育座りをし、膝《ひざ》の上に頭を置いて悩む。

シモンを怒らせてしまった。

しかも、これ以上ないというくらいの怒りだ。

もちろん、その背後にはユウリへの深い愛情があるのはわかっている。

だが、結局、帰りのバスの中でも、夕食の席でも、シモンは離れたところに座って一言も口をきいてくれず、そうなると、ユウリのほうから話しかける勇気は、まったくといっていいほど湧《わ》いてこなかった。もし、このままシモンと口もきかないような関係になってしまったらと想像すると、今は絶望しか感じられない。

(……そう考えると)

ユウリは、これまで、自分がどれほど恵まれた立場にいたかを、痛感する。

全校生徒の憧《あこが》れであるシモン。

シモンの姿を一目でいいから見たいとか、一言でいいから言葉をかわしてみたいと焦がれている生徒は大勢いる。

そんなシモンの隣に当たり前のようにいて、プライベートな時間まで共有させてもらっていたのは、どうしてだったのか。

じっくり考えてみたら、そこになんら理由を見いだすことはできず、ただの偶然、いや奇跡だったとしか思えなくなってきた。

そもそものこととして、二人が一緒にいること自体、実は間違いだったのではないだろうか——。

そんな馬鹿なことまで考えてしまうのは、ユウリがかなり動揺している証拠である。人を好きになったり、友だちになろうとするのに、これといった理由など必要ない。なりたいからなる、ただそれだけなのに、そんな単純なことさえ、今のユウリにはわからなくなりつつあった。

（ああ、どうしよう……）

ユウリは、さらに頭を膝に押しつけて悩む。

（今からでも、謝りに行ってみようか）

だが、そこでつれなく拒絶されたら、今はまだ耐えられそうにない。

ユウリは、頭を両手で押さえて考え続ける。

（だけど、謝るなら早いほうがいいだろうし、本当にどうしたらいいんだろう）

そこで、顔をあげ、暗がりに向かって問いかける。

（……僕は、どうしたらいい？）

と――。

悩めるユウリのそばで、なにかが動いた。

ハッとしてそっちを見ると、そこに、例の「なにか」がいた。

しかも、二匹。

ユウリがそれを見るのは、これで五度目だ。

最初は、寮の食堂でネズミ騒ぎが起きた時に、足下をかすめるように過ぎていった。

二度目は、湖畔を散歩していた時である。あの時は、はっきりと姿を見たわけではなかったが、たしかに、これと同じものが二匹、茂みの中を歩いていた。

三度目が、グリオンの部屋である。

ケージの中にいて、回し車をせっせと回していたのは、これと同じものだ。――つまり、彼らは全部で三匹いるということになる。

四度目が、先ほど、暴走する馬の鼻先にいた彼らである。やはり二匹で、馬をからかうように、その鼻づらの上で飛びまわっていた。

あれは、馬にとって、さぞかし鬱陶《うっとう》しいことだったろう。

そうして今、ユウリの前に現れた二匹のそれは、まるで「ついてこい」と言わんばかりに、ユウリのほうをチラチラと見ながら、ベッドを滑りおり、ドアのほうへと歩いていく。

「……なに？」

ユウリはひとまず問いかけてみるが、返事はない。

なんとか意思疎通ができないものかと思ったのだが、彼らはなにも言わずに、やはり「ついてこい」と言わんばかりに、チラチラ、チラチラ、ユウリのほうを見ながらドアの下へと潜り込んでいく。

ベッドの上で大きく溜め息をついたユウリは、しかたなく彼らに続いてベッドを滑りおりると、ドアを開けて部屋の外に出た。

すでに寮内は消灯時間を過ぎているため、廊下は真っ暗だ。

そこで、扉の脇《わき》に置いてある懐中電灯を持ち、それで彼らのことを照らしながら、あとをついていくことにする。

それにしても、いったい、どこにユウリを連れていこうとしているのか。

ユウリのいる本館は、古い木造建築であるため、歩くとどうしてもギシギシと鳴る。

ふだんはあまり気にならない音だが、夜のしじまの中では、それが大きく響いてドキドキした。

自分の歩く音が不気味に反響する夜の廊下を、ユウリは、奇妙な生き物に先導されながら歩いていった。

階段をおり、さらに階段をおりて、彼らは一階の食堂へとユウリを導く。

しんと静まり返る食堂。

日中は活気に満ちているこの場所が墓場のように静まり返っているのを見るのは、なんともおかしな心地がした。

そこで、しばらく首を巡らせて天井や壁を見まわしていたユウリであったが、ある瞬間に、ズボンの裾《すそ》をつんつんと引かれたため、ハッと我に返って、彼らとの追いかけっこを再開する。

彼らは、ユウリを、ユウリの仲間たちがよく座っている奥のテーブルまで案内すると、そこで立ちどまり、なにかを示すように窓のほうを指さした。

改めて見る彼らは、ネズミのようでもあり、小さなおじいさんのようでもあったが、歩いたり走ったりするのは二足なので、ネズミではないはずだ。

黒いマントのようなものを着ていて、身の丈は十センチほど。

おそらくであるが、ゴブリンとかブラウニーとか、そういった妖精《ようせい》の仲間だろう。

彼らに指示されて窓のほうを見ると、そこに、月明かりに照らされて頬《ほお》を膨らませているハムスターがいた。

こちらは、間違いなくハムスターだ。

もともと、グリオンが飼っていたものだろう。なにかのはずみでケージから逃げ出し、代わりに、この妖精のようなものがケージに閉じ込められてしまったに違いない。

「なるほど、君がねえ」

ユウリは窓に近づき、ハムスターをつかまえる。どうやら、人間に慣れているようで、手を伸ばしても逃げたり暴れたりすることはなかった。

ふわふわの毛が、なんとも可愛《かわい》い。

「……やあ、君」

ユウリは、両手で持ったハムスターを目の高さに掲げ、小声で問いかける。

「僕と一緒に、家に帰ろうか？」

幸い、救急車で病院に運ばれたグリオンは、腕の骨を折っていたらしく、今夜は戻らないと聞いている。となると、今のうちに、ケージの中にいるものと、このハムスターを入れ換えてしまえば、今後、グリオンに面倒な事情を話す必要はいっさいなくなる。

そこで、いったん部屋に戻ろうと踵を返したユウリは、そこで、危うく悲鳴をあげそうになった。

なぜなら、暗がりに人が立っていたからだ。

底光りする青灰色の瞳。

暗がりに溶け込むような黒一色の服。

傲岸不遜《ごうがんふそん》が板についたような佇まいは、まさに闇《やみ》から漂い出た悪魔そのものだ。

足音一つ立てずに背後に忍び寄っていたアシュレイは、息を呑《の》むユウリを見おろして居丈高に言う。

「――で、一人でコソコソと、お前はなにをやっているって？」

3

「本当に、心臓が止まるかと思いましたよ」

新館にあるグリオンの部屋に向かいながら、ユウリが訴える。

「だから、そんなの知るかと言っている。——それとも俺に、ブースカブースカ、音でも鳴らしながら歩けと言う気か?」

「そうは言いませんけど」

せめて、もう少し気配を感じさせてくれないかと思うユウリに、アシュレイが「だいたい」と反撃する。

「言ったように、お前が一人でコソコソしているから悪いんだろう」

「別に、コソコソなんてしてませんよ」

「は」

鼻で応じたアシュレイが、言い返す。

「夜の食堂でハムスターとひそひそ話をしていたくせに、コソコソしてないって?」

「いや、だから、それは……」

言い訳のしようがなくてユウリが言葉を濁すと、アシュレイが「それに」とユウリの首筋にスッと指を滑らせて言う。

「人がやったものをぞんざいに扱うし」

ハッとしたユウリが、触られた首筋を押さえながら慌てて説明する。

「違います。失《な》くすと困るから、金庫にしまっているんです」

「そりゃ、いい心がけだ。——な～んて、俺が言うと思うのか？」

「思いません……けど」

口調が軽いわりに、底光りする青灰色の瞳は笑っていない。

その差が怖くてとっさにうつむいたユウリに、小さく溜め息をついたアシュレイが
「で」と気分を変えるように訊《き》く。

「なんで、ハムスターなんだ？」

「——ああ、それは」

話題が逸れたことでホッとしたユウリは、歩きながら、グリオンの飼っていたハムスターとユウリをここまで導いた妖精のような生き物が、なにかのはずみで入れ替わってしまったらしいことを説明する。

「妖精ねえ」

聞き終わったアシュレイが、「つまりなにか」と確認した。

「今、グリオンの部屋で回し車を回しているのは、お前が目にした三匹の妖精のうちの一

匹だと？」

「たぶん、そうなんだと思います。——グリオンも、ここしばらく、ハムスターとは遊んでいないと言っていたし」

「へえ」

そこで、どこかおもしろそうに考え込んだアシュレイが、ややあって呟《つぶや》く。

「なるほど。——もしかして、混乱の原因は、あんがいそっちか？」

「そっち？」

ユウリは訊き返すが、アシュレイに説明する気はないようだ。

そうこうするうちにも、二人はグリオンの部屋に辿《たど》り着《つ》き、ドアを開けて中に入る。

部屋の様子は、昨日来た時とほとんど変わらず、てきとうにものが散乱していた。脱ぎっぱなしのパジャマや食べかけのポテトチップス、充電中のゲーム機に読みかけのペーパーバックなどである。

そんなものたちと一緒に机の上に置いてあるケージの中で、回し車がカタカタと回り始めた。

それを見たアシュレイが、ユウリと同じ感想を述べる。

「……変わった回し車だな」

「そうなんですよ」

机に近づき、ケージを開け、回し車の中に指を突っ込んで中にいるものをつかまえたユウリは、それを引っぱりだすと、今度は上着のポケットに忍ばせておいたハムスターを取り出して、ケージの中に入れる。

その作業をしながら、説明する。

「グリオンの話では、彼のお祖父《じい》さんの手作りだそうで、なんでもイチイの木でできているのだとかって」

「へえ、イチイねえ」

ユウリと同様、木の種類に注目したアシュレイが、指で回し車を回して言う。

「なあ、ユウリ、気づいているか？」

回り始めた回し車にハムスターが入り込んでいくのを微笑《ほほえ》ましげに見ながら、ユウリが訊き返す。

「え、なにですか？」

「この回し車だ」

「──ああ」

ユウリが顔をあげ、アシュレイの顔を見つめ返してうなずく。

「まあ、たぶん」

それから、改めて答えた。

「イチイの木でできた車輪です」

「そういうことだ」

そこで、もう一度回し車を回したアシュレイが、ちょこまかと動くハムスターを見ながら「となると、せめて」と付け足した。

「これが、墓場に生えていたイチイの木でできていないことを、俺は祈るよ」

4

食堂で見つけたハムスターの代わりに、妖精らしき生き物をポケットに忍ばせて自分の部屋に戻ってきたユウリは、ドアを開けた瞬間、ドキッとして凍りつく。

そこに、部屋着姿のシモンがいたからだ。

「――シモン」

「やあ、ユウリ」

感情の読めない声で挨拶《あいさつ》したシモンが、スッとユウリの背後にいるアシュレイに視線を移し、そちらにもきちんと挨拶する。ただし、ユウリに対するのとは違い、声にかなり苛《か》烈《れつ》な感情が込められていた。

「どうも、こんばんは、アシュレイ」

それには答えず、アシュレイは片眉《かたまゆ》をあげておもしろそうに成り行きを窺《うかが》う。

ユウリとシモンの仲違《なかたが》いについては、今日の夕食の時間からあっという間に寮内に広がり、アシュレイの耳にも早々に届いていた。

それを聞いて喜ぶ者。

心配する者。

勝手にすればいいと、気にもとめない者。

受け止め方はさまざまで、あんがい、喜ぶ者も多いようだったが、アシュレイなどは、どちらかというと関心が薄いほうである。

たしかにシモンの存在は目の上のたんこぶであるが、いないならいないで、正直、少々殺風景な気もする。シモンの高雅さは決して伊達《だて》ではなく、ユウリの背景としてそれほど悪いものではない。

つまり、今のところプラマイゼロという感覚であれば、シモンとユウリの関係がどうなろうと、アシュレイにはどうでもいいことである。

ただ、対岸の火事は美しく、彼らの仲違いを見るのも楽しい。

アシュレイが観察している前で、ゆっくりとソファーから立ちあがったシモンが、どこか冷めた表情のままユウリに近づき、淡々と言った。

「それにしても、驚いたよ、ユウリ。今夜のうちに、失礼な態度を取ったことを謝ろうと思って来てみたら、消灯を過ぎているというのに部屋の中はもぬけの殻で、待てど暮らせど君が戻ってくる様子はない」

「……シモン、違うんだ」

ユウリは説明しようとするが、シモンは聞く耳を持たない様子で「でも」と続けた。

「当然だよね。こんなふうに、アシュレイと夜の冒険を楽しんでいたわけだから」

「だから、シモン、聞いて」

　ユウリはなおも食い下がるが、シモンは横目でユウリを見おろすと、無視してそのまま部屋を出ていこうとした。

　その腕をとっさに摑んで、ユウリは言う。今、この手を放してしまったら、一生後悔すると思ったからだ。

「ねえ、お願いだから聞いて、シモン」

「なにをだい、ユウリ。なにを言ったって、君が、今夜やっていたことに変わりはないと思うけど」

「だけど、本当に違うんだ。食堂に行ったら、いたんだよ」

「いたって、アシュレイが？」

「違う、ハムスター」

「ハム――」

　繰り返そうとしたシモンが、一度冷静になって考えるように上を向き、それから改めて問い返す。

「今、君、『ハムスター』って言った？」

「うん。言ったよ。――あ、アシュレイもいたけど、それは、ハムスターのあとで」

　ついでのように扱われたうえに、ハムスターより後回しにされたアシュレイが、底光りする青灰色の瞳でじろりとユウリを睨んだ。

どうあっても、聞き捨てならない台詞《せりふ》である。

だが、シモンのことで必死になっているユウリがそれに気づく様子はなく、むしろ敏感に察したシモンのほうが、若干申し訳ない気分になって指でコリコリと額をかいた。

さすがに、ハムスターのあとというのは失礼すぎる。

シモンですら、アシュレイに同情してしまう。

とはいえ、その構図を想像しただけで胸のすく思いがしたシモンは、その瞬間、ユウリへの怒りが一気に和らいでしまう。

そもそも、シモンが怒っていたのは、ユウリに対してというより、ままならない状況やおのれの不甲斐《ふがい》なさに対してであり、ここには、そんな怒りをユウリにぶつけてしまったことを謝りに来たのだ。

「つまり」

腕を摑んでいるユウリの手に自分の手をやんわりと重ねながら、シモンが問い返す。

「グリオンのハムスターが見つかったってこと？」

「そう」

「でも、なんで、ハムスターが夜の食堂にいるとわかったんだい？」

「それは、教えてくれる人——というか、モノというか、おそらく正体は妖精なんだろうけど——がいたからで、とにかく、全部話すから、聞いてくれる？」

「もちろんだよ、ユウリ」

応じたシモンが、「だけど、その前に」とユウリの両腕を摑んで正面から覗《のぞ》き込《こ》み、改めてきちんと謝罪する。

「ユウリ、今日の帰り道や夕食の席では、失礼な態度を取って悪かった。——そばにいると、またなにか言ってしまいそうで、そういう自分が嫌だったんだ」

「そんな！」

驚いたユウリが、「僕のほうこそ」と慌てて謝る。

「いつも考えなしで、シモンに心配ばかりかけてごめん。わかってはいるんだけど、とっさに他のことまで頭が回らなくなってしまって」

「わかっているよ」

そう告げたシモンが、ユウリを引き寄せ、その腕に深く抱きしめる。

「ユウリ、君が大事でしかたないんだ」

「僕もだよ、シモン。なにがあっても、シモンのそばにいたい」

そうして、思いのほかあっさり仲直りしてしまった二人をつまらなそうに眺めていたアシュレイが、ややあって、背後から嫌みったらしく告げた。

「つまり、なんだ、今の言い分を聞く限り、ユウリという存在を丸ごと受け止めるだけの度量が、このお貴族サマにはないってことでいいのか?」

「違います」

言下に否定したユウリの言葉に、シモンの言い分が重なる。

「そうですね。アシュレイのおっしゃるとおりで、たしかに、まだまだ僕の器は小さいようですが、だからといってこの手を放す気はさらさらないので、後ろで待ち構えていても無駄ですよ」

澄んだ水色の瞳を輝かせて宣戦布告するシモンに対し、「はっ」とアシュレイが険呑《けんのん》に言い返した。

「この俺が、いつまでも他人《ひと》様の後ろでおとなしくしていると思うのか?」

それから、ユウリを見て問う。

「お前もお前だ、ユウリ。安全圏でのうのうとサボるのもいいが、このあと、どうやって片をつける気だ?」

5

三人で湖畔へとおりる道を歩きながら、ユウリが説明する。

「僕にもよくわかりませんが、これが妖精の一種なら、やっぱりモルガーナに事情を聞いてみるか、いっそのこと、預けてしまうのがいちばんいいのではないかと思うんです」

「なるほどねえ」

並んで歩くユウリとシモンの後ろをついていくアシュレイが、頭の後ろで手を組んで応じる。

「なんとも他力本願な気もするが、たしかに一理ある」

ここで言う「モルガーナ」というのは、この学校が内包する湖に住んでいる、ユウリの古馴染《ふるなじ》みの妖精で、別名「湖の貴婦人《ダーム・デュ・ラック》」と呼ばれる妖精界でもかなり権威ある存在であった。

彼女なら、たいていの妖精の素性や動向はわかるだろうし、必要と判断すれば、本来いるべき場所に送り届けてくれるはずだ。

真っ暗な雑木林を、三人は足早に抜けていく。

頼りになるのは懐中電灯の明かりだけで、急ぐ彼らのそばでは、時々足下の茂みがザワザワと揺れた。

なにかが、彼らのあとをつけてきているようである。

しかも、一つではなく、二つ。

右側と左側の両方からだ。

(ポケットの中に一匹……)

ユウリが、数える。

他には、左右の茂みに一匹ずつ。

やはり、全部で三匹の妖精らしき生き物がいるのだろう。

やがて、湖畔に辿り着いたユウリは、あたりを見まわしてからゆっくりと深呼吸し、まずは四大精霊を呼び出した。

「火の精霊《サラマンドラ》、水の精霊《ウンディーネ》、風の精霊《シルフィード》、土の精霊《コボルト》。四元の大いなる力をもって、我を守り、願いを聞き入れたまえ」

すると、呼び声に応《こた》え、木立の間から四つの白い光が漂い出てきてユウリのまわりをふわふわと飛びまわり始めた。

それを確認し、今度は請願を口にする。

そんなユウリを、少し離れたところで、シモンとアシュレイが見守る。

「はぐれた三つの存在を、元いた場所に導きたまえ。同時に、あるべき場所へ帰るための道を開きたまえ」

さらに、請願の成就を神に祈る。

「アダ　ギボル　レオラム　アドナイ――」

とたん、ユウリのまわりを回っていた四つの光が、ユウリのそばから離れて一つ所に集まり、昇り龍のように宙で渦巻いた。そのまま空高く駆け上がったかと思うと、やがて中空で一つになって爆発し、パアと白い光を湖に散らした。

まるで星空が降ってきたかのように、キラキラとした輝きが湖に落ちてくる。

その範囲は、湖だけにとどまらず、木立の上や、ユウリのまわりの茂みの上にも舞い落ちる。

と――。

騒ぎに驚いてその場から逃げ出そうとした妖精らしき生き物が、走り出したとたん、半透明の膜に包まれて、ポワンと宙に浮いた。

さらに、もう一匹。

続いてユウリのポケットからも、ポワンと半透明の膜が浮きあがる。中には、寝ぼけ眼の妖精らしき生き物がいて、なにが起きたかわからない様子で膜に手をついて外を見ている。

そんな地上の光景に気を取られていたユウリは、湖の上の変化に気づくのが遅れた。

だが、光の降りそそいだ湖では、最初、湖面に小さなさざ波が立ち、それが徐々に広がって大きな波となり、ついにはユウリが立っている岸辺へと到達する。

ハッとしたユウリが身構えると、波のやってきたあとから、光り輝く女性が湖面を渡ってくるのが見えた。

月明かりを映したかのように銀色に輝く美しい女性だ。

その姿を目で捉《とら》えたとたん、ユウリは嬉《うれ》しそうに湖に向かって手を伸ばした。

「モルガーナ！」

「ユウリか。久しいの」

「モルガーナ、会えて嬉しいよ」

ユウリは、この美しい妖精に会えるのを、ことのほか楽しみにしている。ただ、こんな騒動でもない限り、うかつには呼びつけられないため、ある意味、あの三匹の生き物には感謝していい。

「妾《わらわ》もだ、ユウリ」

応じたモルガーナが、「それで」と問う。

「なにやら、そちらが騒がしいようだが……」

「ああ、そうなんです」

うなずいたユウリが、半透明の膜に覆われてふわふわと浮いている三匹の生き物を指さして尋ねる。

「彼らなんですけど、たぶん妖精の一種ではないかと——。心当たりはありませんか？」

「ほう？」

尋ねられたモルガーナが白い腕《かいな》を伸ばすと、半透明の膜がパンとはじけ、中にいた生き物が空中でクルクルと回った。

一匹。

二匹。

三匹。

そのうちの一匹をつかまえて観察したモルガーナが、それを放しながら言う。

「これは、ポーチュンたちだな」

「ポーチュン？」

「ああ。そなたの考えていたとおり、我らの種族だ」

宙で目を回している三匹を見おろし、モルガーナが続ける。

「報告では、夏至の前夜に、妖精の輪からいなくなったポーチュンがいるということだったが、なるほど、そなたのところに迷い込んでおったのか」

「はい」

うなずきながら、ユウリは「夏至の前夜……」と呟く。

　夏至の前夜の妖精の輪といえば、ユウリも眼前に見たあの光景かもしれない。あの時のあの輪の中から、彼らはこちらに迷い込んでしまったのか。

　そうやって考えてみたら、グリオンは、唯一ヴィクトリア寮からあの日の騒ぎに参加していた生徒であるため、そのグリオンのところに、彼らのうちの一匹がいたとしても、なんら不思議ではない。

　モルガーナが、「まあ」と溜め息交じりに教える。

「いちおう、人の役に立とうとする妖精であるゆえ、それほど迷惑をかけるようなことはなかったはずだが、一つだけ、馬に乗った人間を湖や沼に引きずり込もうとする性質があるので、今後、彼らを見かけた時は気をつけたほうがよい」

「馬に乗った人間を……？」

「そうだ」

「ああ、なるほど。馬に乗った人間をねえ」

　最初は驚いたユウリであったが、すぐに納得した表情になる。

というのも、それを聞いてようやく、なぜ、あの時、グリオンを乗せた馬が人工池に向かって走り出したかがわかったからだ。

　ユウリが、「それなら」と尋ねる。

「彼らは、人間のために出会いを用意したり、試験のヤマを当てたり、宝くじに当たるように運命を操ることができるんですか?」

だが、美しい顔をしかめたモルガーナが、「彼らには」と否定する。

「そこまで高度なことはできないはずだ。せいぜいが野菜の皮むきを手伝ったり、乳搾りを手伝ったりするくらいだろう」

「……野菜の皮むき」

それはなんとも家庭的だが、今の彼らの生活とは、あまりにもかけ離れている。

それに、それが事実だとしたら、ここしばらく、グリオンの運がよくなったのは、誰のおかげだったのか。

考え込むユウリに、モルガーナが言う。

「では、彼らの身柄はこちらで引き取らせてもらうぞ。——礼として、近々、蜂蜜水《はちみつすい》でも届けさせよう」

「そんな、礼なんて——」

ユウリは遠慮しようとしたが、蜂蜜水の魅力には抗《あらが》えず、すぐさま言い換えた。

「やっぱり、いただきます」

とたん、高らかに笑ったモルガーナが、「では」とユウリに別れを告げる。

「達者でな、ユウリ」

「モルガーナも」

モルガーナの退場とともに湖の上の輝きも消え失せ、あたりには元の静かな夜が戻ってきた。

振り返ったユウリが、シモンとアシュレイに報告する。

「終わりました」

そこで、彼らは、アシュレイに先導される形で来た道を戻り始める。

歩きながら、アシュレイが訊いた。

「で、あっさり終わったのはいいが、ユウリ。湖の妖精から、なにか目新しい情報をもらったんだろうな?」

「ああ、そういえば」

思い出したユウリが、簡潔に報告する。

「彼らは、『ポーチュン』という妖精だそうです」

「ポーチュン?」

繰り返したシモンが、「やっぱり」と言う。

「妖精だったんだね」

「うん」

そこで、モルガーナから聞いた情報を包み隠さず伝えたユウリが、最後に「一つだけ」と先ほどいだいた疑問を付け足した。

「わからないのは、彼らに人の運命を操るほどの力がないとしたら、グリオンにあれだけの幸運を与えたのは誰だったんだろうかってことです。——まさか、本当にただのラッキーだったとか？」

肩をすくめたシモンが、「まあ」と認める。

「絶対にないとは言えないけど」

それに対し、前を歩いているアシュレイが「これは、あくまでも俺の推測に過ぎないが」と言い出した。

「『ポーチュン』という妖精は、古代ローマにおける運命の女神『フォルトゥナ』のなれの果てだという説がある。つまり、もともとは運命を操る力があったが、時の変遷の中でその力を失ったと考えていい。それともう一つ」

そこで人差し指を立てて、アシュレイは言う。

「ユウリは気づいていたが、グリオンの部屋にあったハムスター用の回し車は一風変わったもので、イチイの木で作られた車輪がついていた。——もちろん、今となっては調べようがないが、あれがもし、どこかの墓場にあったイチイを切り倒して作られたものだったとしたら、ある意味、人の運命に介入する力を持つといわれる『ドルイドの車輪』となりうるものだ」

「『ドルイドの車輪』ねえ」

　ユウリを見おろしながら呟いたシモンが、「ということは」と、アシュレイの言わんとすることを先取りして、尋ねる。

「潜在的に人の運命に介入する力を持っていた二つのものが、偶然合わさったことで、秘められた力が発揮され、グリオンの運命に作用したと？」

「ああ。可能性として考えられなくはない。――まあ、そう考えるか、ただの偶然とするかは、俺でも五分五分ってところだが」

　つまり、アシュレイとて、その考えに絶対的な自信を持っているわけではないということである。

「それに、正直、どうでもいい話だしな」

　ヴィクトリア寮の前まで戻ってきたところで、大きく伸びをしたアシュレイが続ける。

「終わってみたら、なんともバカバカしい話で、正直損した気分だよ」

「そんなこと言って、可愛い後輩を、混乱した状況から救い出せてよかったとは思えませんか？」

　シモンはいちおう主張するが、鼻で笑ったアシュレイの答えは冷たい。

「グリオンが可愛い後輩だって？　――冗談だろう」

　それから、挨拶もそこそこに、一人寮へと入っていく。

　その後ろ姿を見送り、ユウリとシモンは顔を見合わせた。

「ま、ああいう人だから」

「……そうだね」

それから、ユウリの肩に手を回したシモンが、言う。

「さて、僕たちも寝るとしようか」

「うん」

そこで、足音を忍ばせ、二人は寝静まった寮へと入っていった。

終章

数日後。

夏休みを前にして、シモンは最後の一仕事をしていた。

図書館の奥まったところにある部屋で、昔の「寮長日誌」を取り出し、ゆっくりとページを繰っていく。

あのあと、グリオンは無事に退院し、療養のため一足先に夏休みに入った。

もちろん、ペットのハムスターも一緒である。

一時期、そのペットが妖精《ようせい》と入れ替わっていたと知ったら、彼はどう思うのだろう。

どこか皮肉げに笑いながら、シモンはさらにページを繰る。

「ドルイドの車輪」については、昨日、マクケヒトから報告があった。

それによると、霊廟《モーソリアム》から持ち去ったあと、しばらくは研究対象として「ケルト文化復興協会」の倉庫に保管されていたそうだが、その影響力があまり好ましいものではなかったらしく、理事会で協議にかけた末に、やむなく焼却処分にしたという。

それが、どんな影響力だったかまではわからなかったそうだが、マクケヒト曰《いわ》く、墓地に生えていたイチイの木という時点で、あまりいいものにはならない気がするということであった。

それにはシモンも同感で、焼却処分されたと聞いてホッとした。

たぶん、一緒に話を聞いていたユウリも、同じ思いであったはずだ。

その場にいなかったアシュレイには、マクケヒトが報告書を送付したらしく、そのあたり、彼も意外に律儀な性格をしているといえそうだ。

考えるうちにも、目的のページを見つけ出したシモンは、胸ポケットから万年筆を取り出し、古いページの補足欄に新たな一文を書き込む。


――焼却処分。


脇《わき》に日付とサインを書き添え、終わったところで「日誌」を閉じる。

それから、「日誌」を元の場所に戻し、ガラス扉に鍵《かぎ》をかけ、シモンは部屋をあとにした。

図書館の外では、ベンチに座って、ユウリがシモンを待っている。

キラキラと輝く夏の太陽が、そんな彼らの上を明るく照らしていた。

第三話　死神の時計

1

イギリス西南部にある全寮制パブリックスクール、セント・ラファエロ。

全部で五つある寮《ハウス》のうち、最西端にあるヴィクトリア寮では、その日、ある不気味な時間が動き出そうとしていた。

「――あ、ユウリ」

よく通る甘い声に呼ばれてユウリ・フォーダムが顔をあげると、階段の手前で数人の監督生に囲まれているシモン・ド・ベルジュの優美な姿があった。

白く輝く金の髪。

南の海のように澄んだ水色の瞳《ひとみ》。

ギリシャ神話の神々をもしのぐほどの美貌《びぼう》と均整のとれた身体《からだ》を持つシモンは、成績もきわめて優秀で、かつヨーロッパにその名を轟《とどろ》かせる名門ベルジュ家の後継者という、他人から見ると、なに一つ不足のない人生を送っていた。

天は二物を与えないどころか、すべての恵みを彼の上にもたらしたといえよう。

そんなシモンは、現在、最上級生で、この寮の筆頭代表《スチューデントソサエティ》を務めている。

代表というのは、主に学校行事の運営に関《かか》わる生徒自治会執行部のメンバーのことを指し、各寮には二人ないし三人の代表がいる。その中でも、ナンバーワンの地位にあるのが筆頭代表で、いわばその寮の「顔」であった。

逆にいうと、誰が筆頭代表になるかで、各寮の一年間の明暗が決まるわけで、今期、シモンが筆頭代表になったことは、ヴィクトリア寮の寮生全員の誇りであり自慢であった。

シモンが、近づいてきたユウリに訊《き》く。

「ちょうどよかった、ユウリ。――今、時間ある？」

「うん、あるよ」

自習時間である現在、勉強の合間に散歩でもしてこようと思っていたユウリは、うなずいてから首を傾《かし》げる。

漆黒の髪に漆黒の瞳。

東洋風の顔立ちをした彼は、シモンのように際立って整った顔をしているわけではなかったが、ほっそりとした首筋から清潔感が漂うような、身にまとう空気がなんともきれいな青年だった。

華々しい優雅さと深々たる清明さという、まったくタイプの違うシモンとユウリであったが、並ぶと空に浮かぶ太陽と月のようにしっくりくる。

事実、ユウリは、学院のスーパースターであるシモンが誰よりも大切にし、尊重している友人である。

ユウリが尋ねる。

「そう言うからには、なにかあった？」

「そうだね。別にたいした問題ではないんだけど」

ユウリの肩を抱くようにして歩き出したシモンが、「むしろ」と苦々しげに続けた。

「慢性的な問題が行き詰まったというか……」

「慢性的な問題？」

「そう《ウィ》」

フランス語で肯定したシモンが、英語で説明する。

「単刀直入に言うと、最近、新入生にサボり病が蔓延《まんえん》しているらしいので、これから行って、僕たちも指導にあたろうということになったんだ」

「サボり病ねぇ……」

新入生が学校生活に慣れ始めるこの時期は、毎年、指導する側《がわ》も含めて気が緩みがちになる。

去年のことを思い出しながら呟《つぶや》いたユウリに、シモンが言った。

「それで、できれば、君にも手伝ってほしいわけだけど」

「もちろん、いいよ」

二つ返事で引き受けたものの、「ただまあ」と懸念を示す。

「僕なんかが行ったところで、役に立つかどうかはわからないけど」

弛緩《しかん》してしまった精神に活を入れるのは、あんがい難しい。「やる気」というのは、なんだかんだ本人の心持ち一つだからだ。

それでも、上級生としてなにもしないわけにはいかない彼らは、下級生たちが暮らす本館へと向かう。

ところが、渡り廊下を通っていざ本館に来てみると、そこは、彼らがまったく予期していなかった別の問題で、てんやわんやの大騒ぎとなっていたのだ。

2

「あ、ベルジュ」

下級第四学年《ロウアーシックスフォーム》の生徒で現在この寮の寮長を務めるドナルド・セイヤーズは、シモンの姿を見るなり、手にした携帯電話をおろした。どうやら、その携帯電話でシモンに連絡を取ろうとしていたらしい。

「セイヤーズ、これはなんの騒ぎだい？」

「それが、なぜか、急にあの人が現れて」

「――あの人？」

訊き返しながら、シモンがユウリを伴って寮生たちが開けた道を歩いていくと、たしかにそこには、なんとも珍しい人物がいた。

長身瘦軀《そうく》。

底光りする青灰色の瞳。

黒一色の服を着て長めの青黒髪を首の後ろで緩く結わえた姿は、まさに闇《やみ》から漂い出た魔物そのものである。

ユウリとシモンが、同時にその名前を呼ぶ。

「――アシュレイ⁉」

卒業生のコリン・アシュレイは、悪魔のように頭が切れ、傲岸不遜《ごうがんふそん》が板についたような性格をしているが、その蠱惑的《こわくてき》な魅力に囚《とら》われる人間は多く、卒業した今も熱狂的な信者がいるといわれている。

そんな彼は、人から学ぶことはないという理由で大学には行かず、現在、自由気ままな生活を楽しんでいる。

彼ほどの逸材にとって、学歴など、なんの意味もないらしい。

アシュレイの登場に対し眩暈《めまい》でもしたかのように片手で額を押さえたシモンの横で、ユウリが驚いた声のまま訊く。

「アシュレイ。こんなところで何をやっているんですか?」

「ご挨拶《あいさつ》だな。お前を待っていたんだよ」

「え、僕?」

意外そうに自分の鼻の頭を指してうろたえたユウリを押さえ、シモンがスッと一歩前に進み出て言い返す。

「申し訳ありませんが、卒業した貴方《あなた》と違い、ユウリには監督生としての仕事があるんです。邪魔をしないでいただけませんか?」

「仕事ねえ」

「そうですよ。――そもそも、すでに部外者となった貴方がここにいること自体、おかしいでしょう」

「また、小うるさいことを」

シモンの言い分に対し、小馬鹿《こばか》にするように応じたアシュレイが、澄んだ水色の瞳を見返して告げる。

「ま、おおかた、勉強に身が入らない下級生の面倒でもみようってところだろうが、俺からすると、おせっかいなことこの上ない。それでも、それがユウリを連れ出せない理由だと主張するなら、いいだろう。バカどものやる気を起こさせてやるよ」

宣言するなり、わが物顔で寮の階段をあがって自習室に入っていく。

その様子は自信満々であるようだが、やる気のない生徒たちを、どうやってやる気にさせようというのか。

自習室では、思わぬ人物の登場で、その場でだらだらとおしゃべりをしていた下級生がいっせいに凍りつく。

しかも、あとを追うように筆頭代表まで来たのだ。

まさに、最終戦争《アルマゲドン》の始まりかといった心境だったろう。

固唾《かたず》を呑《の》んでいる彼らを冷たく流し見ながらパソコンの前に座ったアシュレイは、そのまま十分ほど無言でキーボードを叩《たた》き続ける。

やがて手を止めた彼が、動けずにいる下級生たちを呼びつけた。

顔を見合わせたユウリとシモンは、互いに小突きあって躊躇《ちゅうちょ》する下級生たちをうながし、一緒にアシュレイのそばへと寄っていく。

覗《のぞ》いてみると、画面の左端には、それまでなかった時計が描かれていて、時計の下には桁数《けたすう》の多い数字が表示されている。

「さて」

アシュレイが、クルリと椅子《いす》を回して言った。

「人生百年時代といわれるが、各国の平均寿命を見れば、実際の寿命はせいぜいが七十五歳くらいなものだろう。まあ、オマケして八十歳あたりまで生きられたとして、お前たちに残された時間は、おおよその数字で、あと二十二億秒」

そう言って彼がエンターキーをポンと押すと、多くのゼロを伴って「22」と書かれていた時計の下の数字が崩れ、「1」のあとに「9」が並んだ。

その後も、一桁の数字が一定の間隔でどんどん減っていく。

カウントダウン形式のタイマーだ。

「わかるか？」

親指の先でタイマーを示しながら、アシュレイが底光りする青灰色の瞳を細め、居並ぶ下級生たちを見まわす。

「お前たちがくだらない時間をだらだらと過ごしている間にも、寿命は確実に失われつつあるということだ。――ちなみに」

言いながら、アシュレイは、画面の右端にあったもう一つの時計をクリックしてエンターキーを押す。

すると、先ほどと同じように、時計の下のカウントダウン形式のタイマーが動き始めた。

「こっちが、次の試験が始まるまでの残り時間だ」

そこで、ニヤリと笑ったアシュレイが言う。

「まあ、せいぜい、遊びほうけるがいい」

とたん、顔色をなくした下級生たちが慌てふためき、先を争うように自習室の机に向かうと、いっせいに勉強し始めた。

その様子をなかば呆《あき》れながら見ていたシモンが、評する。

「なんというか、人の寿命を秒単位で削るとは、まるで死神のようですね。――もしかして、悪魔は今日で廃業ですか？」

「なんとでも言え」

薄笑いを浮かべて応じたアシュレイが、「なんであれ」と主張する。

「これで、お前たちの仕事は片づいたわけだろう？」

暗に、ユウリを連れ出すことに文句はないなと確認されたことに対し、シモンが言い返す。

「そうですけど、でも──」

だが、シモンの言葉の途中で、当のユウリがクルリと踵《きびす》を返したため、アシュレイがその背に問いかける。

「おい。どこに行く気だ、ユウリ?」

それに対し、魂の抜けたような顔で振り返ったユウリが恨めしげに言う。

「自分の部屋です。たった今、思い知らされたんですけど、試験勉強を始めないと、どう考えても間に合わない」

そんな悲愴《ひそう》な嘆きを残し、フラフラと部屋を出ていく。

それを言葉もなく見送ったシモンとアシュレイが、珍しく顔を見合わせ肩をすくめた。

どうやら、死神というのは、鎌《かま》を振る相手を選べないらしい。

3

その日の夜。

ヴィクトリア寮本館最上階にある寮長部屋では、この部屋の主《あるじ》であるセイヤーズが、一冊のノートに書き込みをしていた。


というわけで、本日より、本館の自習室にあるパソコンには、『死神の時計』と呼ばれるカウントダウン形式のタイマーが表示されるようになった。

ネット監視チームに削除依頼をすることもできるが、筆頭代表のベルジュと相談した結果、下級生のやる気を起こさせるために、今しばらく置いておいて様子をみることにした。

それにしても、卒業してなお風紀を乱すコリン・アシュレイには、ほとほと困る。

なんとか「出禁」にできないものか。

筆頭代表も頭を悩ませていた。

ただ、さすが、一瞬で人を意のままに操る才能には、学ぶところも多い。まさに毒をもって毒を制する、だ。

それ以外は、比較的静かな一日であった。

そこでペンを置いたセイヤーズは、「寮長日誌」を閉じた。

サンタの贈り物

プロローグ

サンタは、言った。

「君の願いは、きっと叶《かな》う」

僕は、答えた。

「それは、困る」

十二月の初め、ジングルベルの鳴り響くロンドンの街中での出来事だった。

1

僕の名前は、ドナルド・セイヤーズ。

イギリス人。十五歳。現在は、イギリス西南部にある全寮制パブリックスクール、セント・ラファエロのヴィクトリア寮《ハウス》に在籍している。

そして、思春期らしからぬ、ある悩みを抱えていた。

事の発端は、一ヵ月ほど前のハロウィーンにまで遡《さかのぼ》る。

死者たちの祭典である、その夜。

僕は、あろうことか、見てはならないものを見てしまったのだ。あってはならないものを目撃してしまったと言ってもよい。

とにかく、もう何十回、――いや、何百回と否定し続けてきたにもかかわらず、僕の出来のよい脳細胞は目に焼きついてしまった映像を消し去ろうとはしてくれない。

今でも、その時の光景を、まざまざと思い浮かべることができた。

だが、ロンドンの街中を移動する地下鉄の中で、僕がそのことを訴えても――。

「どうせ、夢でも見たんだろう」

友人のエドモンド・オスカーは、僕の告白に対し、つまらなそうに答えた。読んでいるガイドブックから目を離そうともせずに。

僕と同じ、がちがちの現実主義者で、おのれの目で見たもの以外は絶対に信じようとしない人間であるが、それにしてもつれない態度だ。僕がこの一ヵ月というもの、どれほど悩み続けてきたか、こいつはまったくわかっていない。

もっとも、わかられたところで、困るのだが。

人に弱みを見せるのは、僕のプライドが許さない。

それに、かくいう僕だって、こんな話を他人から聞かされても、鼻で笑って取り合わないだろう。

みんなが「冷たい」と評するこの薄緑色の瞳《ひとみ》で、軽く相手を蔑《さげす》んで終わりだ。ジ・エンド。

それだというのに、その僕が、今や、夜一人でトイレへ行くのも難儀する始末――。

これを恥と呼ばずに、なんと呼ぼう。

「言っておくが、別になにかが怖いとか、そういうことではないからな」

「そうなのか？」

「ああ」

僕は窓の外を見ながらうなずき、「ただ」と説明する。

「証明できないことが存在しているのが歯がゆくて気持ち悪いだけで、恐怖とかそういったものではなく、なんというか、引っかかり？」

「引っかかりねえ」

「要するに、喉《のど》に刺さった魚の骨だ」

「それは、ご愁傷様で」

本当にどうでもよさそうに、オスカーは言った。

繰り返して言うが、けして怖いわけではない。

人間、ちょっとした歯がゆさで、夜、トイレへ行けなくなることもあるだろう。その点は、なんら深く追及するところではない。

とにかく、話を戻すと、僕は見てしまったのだ。

学校じゅうがハロウィーンのお祭り騒ぎで浮かれまくっていたその晩、人気《ひとけ》のない階段の踊り場からふと窓の外を見たら、そこに――。

いた。

赤々と光る火の玉が。

湖のある方角からこっちに向かって、宙をジグザグに飛んできた。

その光り輝く目と口は、間違いない。

（ジャック・オ・ランタン――！）

2

以来、僕は人知れず混乱の極みにいる。

それは、一ヵ月近く経《た》った今もまったく変わらない。——いや、むしろ混乱は増すばかりだ。

なのに、オスカーの反応はこれだ。

興味なし。

でも、思うに、一つでも超常現象を認めてしまえば、あとは芋づる式に増えていき、世の中は、幽霊やお化けで埋め尽くされてしまうのではないか。

地下鉄を降りたところで、僕がそう主張すると——。

「それこそ、絶対にありえないね」

またしても、オスカーが全面否定した。

「百歩譲って、光る物体が飛んでいたというのは認めよう」

「ありがとう」

「ただ、謎《なぞ》の飛行物体の正体は、夜光虫の塊や落雷による放電現象だということは、お前だってわかっているだろう？」

「もちろんだ」

認めつつ、僕は「だけど」と反論する。

「三角形に開いた目と三日月形に笑った口は、どう説明すればいい？」

無駄と知りつつ食い下がるのは、オスカーにもこの混乱を感染させたいという気持ちがあったのだと思う。人は、他人に悩みを打ち明けることで、自分の負担を軽減しようとする。つまり、ていのいい、肩代わりだ。

僕は付け足した。

「念のために言っておくと、空中を飛んできたスピードとランダムなジグザグ方向の動きを考えると、あれが人の手による悪戯《いたずら》であるとは考えられない」

皮肉にも、理知的で明晰《めいせき》な僕の頭脳が、否定したいはずの現象を肯定する。

オスカーが、肩をすくめて「さあねえ」と応じる。

「説明しろと言われても、見てもいないものは説明のしようがない」

「たしかに」

「だいたいな」

呆《あき》れたようにオスカーが言って、まわりを手で示す。

「話題としては、季節外れも甚だしい。——見ろ。今や世間はクリスマスだ」

指摘され、僕はまわりを見まわした。

サンタクロースにクリスマスツリー。

どこからともなく流れてくる曲は、ジングルベルだ。

「たしかに」

認めた僕に、オスカーがさらに言う。

「俺にしてみれば、ハロウィーンの晩にカボチャ灯籠《どうろう》が空を飛んできた話より、お前が今回のプレゼント交換の相手に、あの『ユウリ・フォーダム』を選んだ事実のほうが、数千倍も興味があるよ、セイヤーズ」

オスカーが話題にあげているのは、クリスマス休暇前の、聖ニコラウスの日に行われるプレゼント交換会のことだ。

それは、セント・ラファエロにおける年中行事の一つで、当日にプレゼントを渡す相手は、前もってくじで決めることになっている。

ただし、そのイベントを仕切る司会者だけは、プレゼントを渡す相手を自分で決めることができ、かつ、当日は、その相手になんらかのパフォーマンスを仕掛けるのが通例となっていた。

そして、今年の司会は、この僕が務めることになっている。

まさにタイムリーな話題であり、今日は、そのためのプレゼントを買いに来たのであるが、僕は、自分の悩みとは関係ないことをいきなり持ち出され、いささか気まずい気分で視線を逸《そ》らした。

「――フォーダムを選んだことに、深い意味はない」

「へえ？」

オスカーが、疑心暗鬼といった声で相槌《あいづち》を打つ。

先ほどから名前のあがっている『ユウリ・フォーダム』というのは、僕たちが所属するヴィクトリア寮の一つ上の学年の生徒で、東洋系の繊細な外見をしたイギリス貴族の子息である。

いちおう今期の監督生ではあったが、正直、特に勉強ができるわけでもなく、スポーツが得意なわけでもなく、さらにいえば、統率力があるわけでもないため、なぜ、彼が「監督生」という責任のある役職に就いたのかは、今もって謎だ。

みんなは、フォーダムを気に入っているベルジュが、常にそばに置きたいからという理由で強引に監督生にしたと話しているようだが、あの公明正大で人品卑しからぬベルジュが、そんな身勝手なことをするとは思えない。

シモン・ド・ベルジュ。

わがヴィクトリア寮が誇る寮長で、今期、代表の一人にも選ばれた彼は、ギリシャ神話の神々もかすむほどの美貌《びぼう》を持ち、頭も切れ、運動も相当こなすうえに問題解決能力にも長《た》け、統率力も半端ないという全方位に優れたスーパースターで、さらに典雅で優美とくれば、憧《あこが》れる生徒は数知れない。

この僕ですら、彼の前に立つと顔がわずかに赤らむくらいだから、彼と階段でぶつかりそうになった生徒が硬直したうえに酸欠で倒れたという冗談のような話もうなずける。

それに比べ、フォーダムのほうは、よく廊下でこけているのを見かけるし、逆に紳士の風上にも置けないくらいの全力疾走を見たことがあって、正直、寮生たちの尊敬に値する人物とはとうてい思えない。

なにより、僕としては、彼の視線が気に入らない。

時おり、どこを見ているのかわからない、なんとも不可解な視線を周囲に投げかけることがあって、困る。

そういう時、まるで、そこに見えないなにかがいるみたいな気にさせられるのも非常にやっかいだし、加えて、煙《けぶ》るような漆黒の瞳にジッと見つめられ、なんとも落ち着かない気持ちにさせられるのも嫌だった。

そんなこんなで、ユウリ・フォーダムというのは、僕にとっての――。

(僕にとっての、……なんだろう?)

思いのほか、ぴったりとした表現が出ずに考え込んだ僕に、オスカーが言った。

「お前なら、絶対にベルジュを引っぱり出すと思っていたよ」

「そうか?」

「ああ。それは、みんなが思っていたはずだ」

「甘いな」

「たしかに、意表をつかれたという点では評価できる」

「ありがとう」

礼を述べたついでに、僕はここぞとばかりに言い訳めいたことを口にする。

「なにせ、ベルジュが相手だと、パフォーマンスを仕掛けるにしても、水やジュースを浴びせにくいし、なにをするにしたって、彼を信奉する生徒の仕返しが怖いからな」

そんな僕をチラッと見やり、オスカーが反論する。

「だが、それを言ったら、フォーダム相手に下手なことをすれば、それこそ、ベルジュやアシュレイが黙っていないぞ」

さらりとあがった名前を聞いて、僕は眉間《みけん》に皺《しわ》を寄せた。

（コリン・アシュレイ――）

僕がフォーダムを嫌う理由は、そこにもある。

オカルトに造詣《ぞうけい》が深く、「魔術師」の異名を持つ妖《あや》しげな上級生コリン・アシュレイと懇意なこと。――それは、ベルジュという理知的で神々しい存在に対する冒瀆《ぼうとく》である気がしてならない。

「そもそも、オカルトに造詣が深いなんて、ありえないと思わないか？」

「なんで？」

「それは——」

当然、あれやこれやといった、名前をあげるのも憚《はばか》られるようなモノたちと近しいということだからだ。

言葉にするだけで寄ってくるといわれる、危険な輩《やから》——。

そんなあるまじき存在たちを肯定するようなオカルト主義者に対し、僕は断固として決別の意を唱えたいのだが、それをはっきり言おうものならバカにされかねないため、僕は違う表現で伝えた。

「胡散臭《うさんくさ》いから」

「それは認めるが、お前の場合、むしろ、遠まわしに悪魔や幽霊やお化けが怖いと言っている気がする」

ビンゴ。

さすが、オスカーは鋭い。

内心でギクリとしながら、僕は眼鏡越しにオスカーを睨《にら》んで不機嫌さを伝えた。

もっとも、そんなことで懲りるような男ではなく、その証拠に、ニヤニヤしながら訊《き》いてくる。

「当たり？」

「外れだよ、バカ。——だいたい、オスカー、君だって、超常現象に対しては懐疑的なはずだろう?」

「まあな」

認めつつ、オスカーは言う。

「だが、セイヤーズ、俺はお前と違って、これがそうだと見せつけられたら、いつだって信じる心構えはある」

(じゃあ、見てみろ。——怖いから)

とは、さすがに言えず、僕は、ズカズカとした足取りで老舗《しにせ》の百貨店ハロッズの中へと突き進んだ。今日は、ここでプレゼント交換会用のプレゼントを選ぶことになっているからだ。

僕とオスカーは、入り口で集合時間と場所を決めてしまうと、あとは別行動することにした。

こんな時、独立独歩の彼とは、気が合う。

やがて、インテリアの階で僕が探し出したのは、ふかふかしてよく沈む大きなクッションだった。

これにもたれているフォーダムの姿を想像して、僕は考え込む。

右手にあるのが、アクア・ブルー。

左手にあるのが、ペパーミント・グリーン。

どちらの色がよりフォーダムに似合うか。

結局、ペパーミント・グリーンを選んで会計に向かった僕の背後で、いつの間に現れたのか、オスカーが興味深そうにボソリともらした。

「……それ、お前の瞳の色だな」

バッと振り返った僕は、とっさに怒鳴りつけるように言っていた。

「なんで、いるんだ⁉」

「買い物が終わったから」

言いながら、オスカーは手にした紙袋を小さく掲げて見せる。

もし、このあと続けて、彼に「フォーダムには、ベルジュの瞳の色であるアクア・ブルーのほうが向いているんじゃないか」と言われたら、素直にアクア・ブルーにしようと思っていたのだが、予想に反し、オスカーはなにも言わず、ただ、会計を終えた僕を見て呟《つぶや》いた。

「なんていうか、複雑な奴《やつ》――」

（ほっとけ）

内心で思うが、ひとまず聞こえなかった振りをする。

3

その後、ハロッズを出て、アフタヌーン・ティーをするために歩いている途中、例のサンタに出会ったというわけだ。

「君の願いは、きっと叶う」

サンタは言った。

だから、僕は答えたのだ。

「それは、困る」と。

さしあたり、僕が望んでいるのは、夜のトイレ事情の改善だ。

一人でトイレに行けないのは、まずい。

来期、ヴィクトリア寮の寮長になれば、点呼のために夜の校舎を一人で歩く機会も増えるだろう。

だから、やはり超常現象などあってはならない。

それをなくしてもらうのが、僕の願いとなるのだろうが、そうなると、その手のものが存在することが前提となるわけで、それは困る。

あってはならないことは、あってはならない。

だが、考えてみれば、今さら僕のまわりから超常現象をなくしたところで、あまり意味はないかもしれない。ふつうの人間がふつうに生きていれば、おそらく、そういったものに遭遇する機会はめったにないはずだからだ。

むしろ、問題は、経験のほうにあるだろう。

記憶が僕を苦しめるのであれば、この記憶のほうこそ、どうにかしてほしい。

たとえ、それが対症療法であっても構わない。

とにかく、あの一瞬のために、この先ずっと苦しむなんて、真っ平ごめんだ。

はっきり言おう。

僕は、お化けや幽霊が怖い。

だから、そんなものは、はなから存在しないと信じたい。

だけど、現実に見てしまったものは、どうすればいい？

見たくなかった。

いっそ、見なかったことにしようか。

だが、自分の目を疑って生きていくのも、お化けや幽霊の存在を受け入れるのと同じくらいつらいことである。

学校へ戻るバスの中で溜《た》め息《いき》をついた僕は、外の景色に目をやった。

とっくに陽《ひ》の暮れた世界は、深い闇色《やみいろ》に包まれている。

この闇は、フォーダムのあの神秘的な漆黒の瞳に繋《つな》がっているのではないか――？

そんな奇妙な感覚に囚《とら》われた僕は、抱えたプレゼントの柔らかさだけが、唯一、この世界に自分を繋ぎ止めてくれるもののように思えてきて、そっと腕に力を込めた。

4

ところが、だ。

驚いたことに、後日、サンタの予言は現実となった。しかも、実に些細《ささい》なことがきっかけで、すべてが解決したのだ。

つまり、僕の願いは叶ったことになる。

(あの呼び込みサンタに、感謝だ!)

世の中、えてしてそんなものかもしれないが、事の成り行きはこうである。

僕の友人に、リッキー・チャムというおしゃべりで陽気な奴がいる。

丸みを帯びた体型でそばかすのある顔をしているが、単純で裏表がなく明るいので、みんなから好かれている。

その彼が、寮の談話室に入ってくるなり、顔を輝かせて話し出したのだ。

「聞いてくれよ、オスカー、セイヤーズ。僕、すごい体験をしたんだ」

おのおの雑誌を読んでいた僕とオスカーは、その声に顔をあげた。

僕が尋ねる。

「どんな体験をしたんだい、リッキー?」

「それがさ。僕、運動が終わったあとに、制服のネクタイをクラブハウスに置き忘れてしまったんだ。――マヌケだろう?」

「よくあることだよ」

「そうかな」

「そうだ。――それで、どうしたって?」

話が逸れそうになったので僕が言うと、リッキーは「ああ、それで」と続けた。

「夕食の時にそのことに気がついて、慌てて取りに戻ったんだけど、当然外はすでに真っ暗で、懐中電灯がないと歩けないほどだったよ」

「だろうね」

懐中電灯があっても、あまり歩きたくない。

「それでも、行きはなんてことなくクラブハウスに辿《たど》り着《つ》いて、僕は自分のネクタイを手にすることができた」

「よかったな」

「ただ、問題は、帰り道に起こったんだ」

若干芝居がかった言い様が気になったが、僕はひとまず続きをうながす。

「どんな問題?」

「今から、話すよ」

そこでなぜか身構えるように一息ついたリッキーが、「いいかい?」と言う。

「暗い中を僕がテクテク歩いていると、道の上に大きなプレゼントが落ちていた」

「プレゼント?」

眉《まゆ》をひそめる僕に、リッキーは「そう」と力強くうなずいて続けた。

「とてもプレゼントらしいプレゼントで、一抱えもありそうな真っ赤な箱に緑色のリボンがかかっていた」

「クリスマスカラーだね」

「うん。当然、僕はそれを持ち上げようとしたけれど」

そこで、僕は突っ込んだ。

「なんで?」

「え?」

「なんで、持ち上げようとしたんだ?」

「それはだって」

応じながら視線を泳がせたリッキーが、結局意味不明の答えを返す。

「プレゼントだからだよ。――とにかく、持ち上げようとしたけど、重くてとても持ち上がらない。それでしかたなく、押しながら歩き出したんだ。でも、途中、くたびれて休んでいる時に、ふと中身が気になって、開けてみることにした」

なんとも嘘《うそ》っぽい話だと思いながらも、僕は続きをせっつく。

「中身はなんだったんだ？」

「金銀宝石」

「金銀宝石⁉」

あまりのバカらしさに、僕が素《す》っ頓狂《とんきょう》な声をあげてしまったのに対し、リッキーは
「いや、本当に」と一所懸命言い募る。

「まるで、なんというか、映画や漫画で見る海賊の宝箱を髣髴《ほうふつ》とさせる光景だったよ」

「へえ」

僕は、笑いをかみ殺しつつ尋ねる。

「それで、君は、それをどうしたんだ？」

「もちろん、大喜びで、また箱を動かし始めた」

「大喜びでねえ」

そんなお宝が詰まった箱が落ちていたら、僕なら、まずなんらかの犯罪を疑うが、太平楽なリッキーは違ったらしい。

（幸せな奴……）

僕が思ううちにも、リッキーが続ける。

「でも、しばらくしたら、また疲れてきてしまったので、僕はふたたび休憩をとることに

したんだ。でもって、その間、目の保養にしようと、僕はもう一度、箱の蓋《ふた》を開けて中を覗《のぞ》いてみたんだけど、そうしたら、なんと、中身は全部、色とりどりのお菓子に変わっていた。——さっき見た時は、たしかに金銀宝石だったはずなのに、どうも僕の見間違いだったらしい。それで、僕は嬉《うれ》しくなった」

「嬉しく？」

僕は首を傾《かし》げて彼の感想を繰り返す。

金銀宝石がお菓子に変わってしまったのに、なぜ、嬉しいのだろうか。

その点がわからなかったのだが、理由はすぐに知れる。

「だって、金銀宝石だと、あとあと手続きが大変そうだけど、お菓子ならすぐに食べられるじゃないか。僕には、そのほうがずっといい」

「なるほど」

太平楽なうえに無欲ときている。

納得し、「それで？」と話の続きをうながした。

「君は、そのお菓子を食べたのかい？」

「食べようと思ったけど、独り占めするのもなんだからと、なんとか我慢して、ふたたび箱を運び始めた。だけど、すぐにまた疲れてしまって、休むことにしたんだ。それでさ、やっぱり我慢しきれず、一口お菓子を食べようと蓋を開けたら、それはお菓子ではなく、玩具《おもちゃ》になっていた。──きっと、お菓子に見えたのは、お腹《なか》のすいていた僕の目の錯覚だったんだろうね」

「かもしれないな。気の毒に」

僕は同情するが、リッキーはケロリとした顔で、「なぜ？」と言った。

「僕は、むしろ得した気分になったよ」

それこそ、「なぜ？」であるが、その理由もすぐにわかる。

「だって、お菓子なら食べてしまえば終わりだけど、玩具ならみんなと一緒にずっと遊べるじゃないか」

太平楽で無欲なうえに、人が好《い》い。

なんともリッキーらしい答えに、僕は苦笑して同調する。

「たしかにそうだ。僕も遊びたいよ。それで、その玩具はどうしたんだい？」

「それが、ようやく寮に戻ってきて、最後の力を振り絞ってその箱を持ち上げたら、なんと、驚いたことに、箱が急に柔らかくなってうねうねと動き始めた」

「動き始めた？」

怪談めいてきたと身構える僕に、リッキーが手振りを交えて説明する。

「そう。だから、僕もびっくりして立ち尽くしていると、ふいに『キュー』って動物が鳴くような声がして、僕の腕の中から箱が飛び降りた」

「箱が飛び降りた？」

その奇妙な言葉を繰り返すと、「そうなんだ」と大きくうなずいたリッキーが、言う。

「自らの力で飛び降りたんだよ。そして見る見るうちに四つの脚が生えて首が伸びて、そのまま一目散に走り去ってしまった。——どうやら、あれこそが、民間伝承に出てくる『ヘドリーの牛っ子』だったみたいだ」

得意げに結論づけたリッキーを見て、僕は「つまり」と訊き返す。

「君は、その『ヘドリーの牛っ子』とかいう化け物に、化かされたってこと？」

「そうなるかな」

「そうなるかなって——」

僕が呆れていると、一緒に話を聞いていたオスカーが、「そりゃ」と同情的に言った。

「ご愁傷様。——説話にあるばあさんと一緒だな。骨折り損のくたびれもうけ」

おそらく、僕以上に、オスカーは今の話を信じていないのだろう。

ただ、僕の場合は以前と違い、世の中には、たまに——本当に「たま〜に」だが、そういったつらい経験をしてしまうことがあるのだと思えるようになっていた。そして、今は話の真偽より、思いもよらずに経験してしまった出来事を、リッキーがどう受け止めていくのかということのほうが気になっている。

リッキーが、オスカーに答えて言う。

「まあ、そうなんだろうけど、でも、僕はおばあさんの気持ちがよくわかる」

「ばあさんの気持ち？」

オスカーが、説話の内容を思い出そうとするかのように考え込む。

それに対し、リッキーが説明した。

「説話の最後で、おばあさんは、自分は素晴らしい経験をしたと喜ぶんだけど、僕も同じ気持ちなんだ。今、とても幸せだよ」

「――幸せだって⁉」

僕は、とても信じられなくて訊き返したのだが、「そう」とうなずいたリッキーが、「だって」とニコニコしながら続けた。

「金銀宝石も、お菓子も、玩具も、多くを望まなければ、この先、現実に手に入れることは可能だけど、『ヘドリーの牛っ子』に出会うなんていう経験は、自分でしようと思ってできることじゃない。つまり、これって、神様のお恵みの一つだと思わない？」

（神の恵み――）

僕は、その一言で、目から鱗《うろこ》が落ちたような気がした。

超常現象との邂逅《かいこう》は、神の恵みの一つである。

それは、なんと斬新《ざんしん》かつ素晴らしい考えであることか！

そして、そう考えるようになったその晩から、僕は、夜、一人でトイレに行くことに抵抗がなくなった。

そう、たとえジャック・オ・ランタンを見たとしたって、それがなんだというのか。

ふつうならできない貴重な体験である。

つまり、僕は、素晴らしい体験をしたのだ。

今や、僕はリッキーを見倣い、いつの日か、自分の息子や孫ができたら、暖炉のそばのアームチェアーに座って、自分の体験したことをおもしろおかしく語り聞かせたいと思っている。

エピローグ

以上で僕の話は終わりだが、最後に一つだけ。

実は、この話には後日談があり、そのことは、数年後、リッキーの告白を聞くまで、僕はまったく知らずにいた。

それを、リッキーの証言をもとに、ここに記しておく。


翌日。

リッキーが、オスカーの部屋を訪れた。

彼は、手にしていた一冊の本をオスカーに差し出して言う。

「これ、返すよ」

緑色の表紙に金文字でタイトルの打たれたその本は、イギリスの民話集だ。

返しながら、リッキーが訊く。

「それで、オスカー、あんな感じでよかったのかい？」

「完璧《かんぺき》だ」

本を受け取ったオスカーが、それをパラパラとめくりながら続けた。

「さすがに『金銀宝石』は嘘っぽかったが、『お菓子』や『玩具』には説得力があった」

「なら、よかった」

どこか気乗りしない様子で応じたリッキーが、不思議そうに言う。

「でも、まさか、あのセイヤーズが、こんな話を真に受けるとは……」

「まあ、あいつにも、人知れず、いろいろと苦労があるのさ」

「それはそうだろうけど、オスカー」

リッキーが、少し不満げに応じる。

「僕は、セイヤーズを騙《だま》したみたいで、なんとなく罪悪感があるなあ」

「はん。そんなの、嘘も方便っていうだろう」

肩をすくめたオスカーが、彼らしい策士めいた口調で続ける。

「これで、セイヤーズが来期に寮長の任務をまっとうできるなら万々歳で、ヴィクトリア寮も安泰というもんだ」

「まあ、そう思ったから、僕も協力したわけだけど」

リッキーがしぶしぶ認めてから、訊く。

「でも、だいたい、どうしてセイヤーズは、急に夜が怖くなったんだろう。それが不思議でしょうがない。――まさか、本当に幽霊でも見たのかな？」

「さあ？」

オスカーは、口の端で笑って受け流した。

「知らないけど、お前、このことを絶対に人に言うなよ？」

「もちろん、わかっているよ。僕だって、セイヤーズを怒らせる気はない」

右手をあげて宣誓したリッキーが、言う。

「だけどさ、オスカー。もし、セイヤーズが『ヘドリーの牛っ子』の物語をすでに読んでいたら、どうするつもりだったんだい？」

「ありえない」

自信たっぷりに否定したオスカーが、「あいつは」と説明する。

「現実主義が高じて、この手の説話すら嫌悪しているから、こんな本は、触っただけでも病気になると思っているよ」

「なるほど」

納得したリッキーが、「でも」とさらに尋ねた。

「それを言ったらオスカーだって、現実主義者だろう？」

どうしてこの手の説話に詳しいのかと疑うリッキーに、オスカーは手にしていた本をベッドの上に投げ出して教えた。

「悪いが、セイヤーズと俺は、同じ現実主義者でも対極にいる」

「対極?」

「そう」

そこで、人差し指を振ったオスカーが、「あいつは」と続けた。

「超常現象などあってほしくないと願っているから否定するが、俺の場合、超常現象はあってほしいと願っているのに、実際はこの目で見たことがないから、しかたなく否定しているんだ。だから、これはセイヤーズにも言ったことだが、もし目の前に幽霊やお化けが出てきてくれたら、俺は喜んでそいつらを迎え入れてやるよ」

「ふうん」

そんなもんかねと首を傾げながら、リッキーはオスカーの部屋をあとにした。

あとがき

新型コロナウイルスが、大変なことになっています。

どうか、みなさんも、手洗いはもとより、抗ウイルス作用の強い日本茶のペットボトルを持ち歩いてところ構わずうがいをするなど、しっかり自衛してくださいね。というか、この本が出るころには、騒ぎが終息しているといいのですけど……。

ご挨拶が遅れましたが、こんにちは、篠原美季《しのはらみき》です。

前回に引き続き「自選集」ということで、今回は、セント・ラファエロ時代のショートストーリーを「寮長日誌」という形でまとめてみました。

それにしても、セント・ラファエロに寮長日誌なんてものが、あったんですね～。ふふふ。知らなかったでしょう。——な～んて、私も知らなかった！

そんな中、書き下ろしたのは、メインとなっている「フォルトゥナの車輪」で、久々に幼い彼らに出会えて楽しかったです。なんだかんだ、やはり、学校に君臨するシモンはかっこいいとまわりの方々から褒めていただけたし、これで、みなさんにも喜んでもらえ

たら、なお嬉しいです♪

他も、一度は公開された作品とはいえ、かなり手を加えたので、新たな気持ちで読んでいただけるのではないかと思います。とくに、大学の図書館からセント・ラファエロの図書館へと舞台を移して書き直した「ＩＮ」は、当時からサービス用のボリュームで終わらせるにはちょっと内容が濃すぎたかな～と若干後悔していたので、今回思う存分書き足すことができて大満足です。

その点、最近は、構想が思い浮かんでも、すぐには放出せず、これなら書き方次第で本編に使えるとか、三冊くらいのシリーズのテーマになりそうといった振り分けができるようになってきました。

おかげで、ストックがいっぱい♪

最後になりましたが、今回もこの本を手に取ってくださった方々に、多大なる感謝を捧げます。

では、次回作でお目にかかれることを祈って――。

如月とは思えない暖かな午後に

篠原美季　拝

『ヴィクトリア寮《ハウス》の寮長日誌　篠原美季自選集２』、いかがでしたか？
篠原美季《しのはらみき》先生、イラストのかわい千草《ちぐさ》先生への、みなさまのお便りをお待ちしております。
篠原美季先生のファンレターのあて先
〒112-8001　東京都文京区音羽２－12－21　講談社　文芸第三出版部「篠原美季先生」係
かわい千草先生のファンレターのあて先
〒112-8001　東京都文京区音羽２－12－21　講談社　文芸第三出版部「かわい千草先生」係

N.D.C.913　222p　15cm

篠原美季（しのはら・みき）

講談社X文庫

４月９日生まれ、Ｂ型。横浜市在住。
茶道とパワーストーンに心を癒やされつつ
相変わらずジム通いもかかさない。
日々是好日実践中。

white heart

ヴィクトリア寮《ハウス》の寮長日誌《りょうちょうにっし》　篠原美季自選集《しのはらみきじせんしゅう》2

篠原美季《しのはらみき》

●

2020年４月２日　第１刷発行

定価はカバーに表示してあります。

発行者――渡瀬昌彦
発行所――株式会社 講談社
東京都文京区音羽2-12-21 〒112-8001
電話 編集 03-5395-3507
販売 03-5395-5817
業務 03-5395-3615
本文印刷―豊国印刷株式会社
製本―――株式会社国宝社
カバー印刷―半七写真印刷工業株式会社
本文データ制作―講談社デジタル製作
デザイン―山口　馨

ISBN978-4-06-519659-5